Companhia Das Letras

# O CAVALEIRO DE BRONZE
## e outros contos em versos

ALEKSANDR PÚCHKIN nasceu em Moscou, em 1799, no Império Russo, filho de um oficial da pequena nobreza e da neta de Abram Petróvitch Gannibal, negro africano que o tsar Pedro, o Grande, cem anos antes, transformara em general e político influente. Púchkin escreve seus primeiros poemas aos sete anos, em francês, e, aos doze, ingressa no novo Liceu de Tsárskoie Sieló, escola para a elite, patrocinada pelo tsar, em São Petersburgo. Ainda estudante, já se torna poeta famoso. Concluído o curso, é nomeado para um cargo de baixo escalão no Ministério do Exterior. Leva vida desregrada, em cabarés e casas de jogo, contrai dívidas e frequenta reuniões políticas com intelectuais e oficiais influenciados por ideias iluministas. Aos dezenove anos, escreve seu primeiro poema narrativo longo, "Ruslan e Liudmila", inspirado na temática nacional e popular russa. De forma anônima, escreve poemas críticos à ordem vigente, que circulam em manuscritos ou são recitados de memória em saraus. Em 1820, é transferido para o sul do Império Russo, longe das principais cidades, onde o tsar Alexandre I tem esperança de regenerá-lo. No sul, Púchkin tem contato com povos do Cáucaso, experiência que marcará sua obra, como se verifica nos poemas narrativos "A fonte de Bakhtchissarai", "O prisioneiro do Cáucaso" e "Os ciganos". Em 1823, começa a escrever sua obra mais importante: o romance em versos *Evguiêni Oniéguin*. Envolve-se com numerosas amantes e começa a travar duelos de pistolas. Serão mais de vinte ao longo da vida, e sua morte, em 1837, ocorrerá justamente num desses combates. Em 1824, é transferido para a fazenda da mãe, perto de Pskov, onde escreve várias obras e se interessa pelos contos populares da tradição oral, transmitidos a ele por sua antiga babá. Tais histórias servirão de base para muitos poemas, como "O conto do tsar Saltã" e "O galo de ouro". Em 1825, quando ocorre a revolta dos decabristas na capital, Púchkin está isolado nessa fazenda, onde escreve, entre outras obras, o drama histórico *Boris Godunov*. Por isso não participa da insurreição em São Petersburgo, cujo desfecho leva alguns amigos do poeta à forca ou à deportação. Em 1826, o novo tsar, Nicolau I, o autoriza a voltar para Moscou e São Petersburgo, mas se torna, ele mesmo, o censor de suas obras. Autorizado pelo tsar, Púchkin tem acesso aos arquivos oficiais e aprofunda seu interesse por temas históricos nacionais. Sua correspondência é vigiada e suas obras, constantemente proibidas. Em 1830, por causa de uma epidemia de cólera, se vê isolado, em quarentena, em Bóldino, propriedade rural da família, ocasião em que escreve uma quantidade impressionante de obras, entre elas: *Contos de Bélkin* (em prosa), *Mozart e Salieri* e *O convidado de pedra* (teatro), dezenas de poemas líricos e os capítulos finais de *Evguiêni Oniéguin*. O episódio é chamado de "Outono de Bóldino", expressão logo incorporada à língua russa para designar uma ocasião de intensa criatividade. Em 1831, se casa com Natália Gontcharova, célebre por sua beleza. Púchkin é nomeado para um cargo mais elevado no Ministério do Exterior. Mesmo assim, as dificuldades financeiras se agravam, porque o tsar e a tsarina exigem agora a presença da esposa de Púchkin nos luxuosos bailes da corte. Em 1833, na mesma Bóldino, ocorre o chamado "Segundo outono de Bóldino", quando Púchkin escreve, entre outras obras, o poema *O Cavaleiro de Bronze*, a novela *A dama de espadas*, vários contos fantásticos inspirados na tradição oral popular e trabalha na sua *História de Pugatchov*, líder de uma grande revolta camponesa no século XVIII. Em 1836, funda a revista *O Contemporâneo*, que marcará a cultura russa no século XIX. Na corte, sua esposa é assediada por um barão francês, D'Anthès, protegido do embaixador da Holanda. A situação se agrava com violentas trocas de insultos e, no ano seguinte, Púchkin é morto por D'Anthès num duelo, nos arredores de São Petersburgo.

RUBENS FIGUEIREDO nasceu em 1956, é escritor e tradutor. Entre seus livros, estão os romances *Barco a seco* (2001, Prêmio Jabuti), *Passageiro do fim do dia* (2010, Prêmio Portugal-Telecom e Prêmio São Paulo) e os livros de contos *O livro dos lobos* (1994-2008), *As palavras secretas* (1998, Prêmio Jabuti e Prêmio da Biblioteca Nacional) e *Contos de Pedro* (2006). Suas traduções incluem obras russas de Tchékhov, Turguêniev, Gontcharóv, Górki, Tolstói, Dostoiévski, Gógol e Bábel. Recebeu o prêmio da Biblioteca Nacional pela tradução de *Ressurreição*, e os prêmios da Academia Brasileira de Letras e da Associação Paulista de Críticos de Artes (APCA) pela tradução de *Guerra e paz*, ambos de Liev Tolstói.

ALEKSANDR
PÚCHKIN

# O Cavaleiro de Bronze

e outros contos em versos

*Tradução do russo, apresentação e notas de*
RUBENS FIGUEIREDO

COMPANHIA DAS LETRAS

*Grafia atualizada segundo o Acordo Ortográfico da Língua Portuguesa de 1990, que entrou em vigor no Brasil em 2009.*



Published by Companhia das Letras in association with Penguin Group (USA) Inc.

TÍTULO ORIGINAL
Медный Всадник

PREPARAÇÃO
Leny Cordeiro

REVISÃO
Luís Eduardo Gonçalves
Carmen T. S. Costa

Dados Internacionais de Catalogação na Publicação (CIP)
(Câmara Brasileira do Livro, SP, Brasil)

Púchkin, Aleksandr, 1799-1837.
O Cavaleiro de Bronze e outros contos em versos / Aleksandr Púchkin ; tradução do russo, apresentação e notas de Rubens Figueiredo. — 1ª ed. — São Paulo : Penguin-Companhia das Letras, 2025.
Título original: МеднЫй Всадик

ISBN 978-85-8285-219-4

1. Poesia russa I. Figueiredo, Rubens. II. Título.

24-231257 CDD-B891.7

Índice para catálogo sistemático:
1. Poesia : Literatura russa 891.7

Cibele Maria Dias — Bibliotecária — CRB-8/9427


EDITORA SCHWARCZ S.A.
Rua Bandeira Paulista, 702, cj. 32
04532-002 — São Paulo — SP
Telefone (11) 3707-3500
www.penguincompanhia.com.br
www.companhiadasletras.com.br
www.blogdacompanhia.com.br

# Sumário

# Apresentação

RUBENS FIGUEIREDO

Em russo, a palavra "poema" (поэма) designa, de forma específica, uma narrativa de certa extensão composta em versos. Para os poemas breves e de caráter lírico, existe outra palavra, também de uso específico: *stikhotvoriénie* (стихотворение). Nesse aspecto, vale lembrar que Púchkin chamou seu livro mais importante, *Evguiêni Oniéguin*, de "romance em versos", ao passo que seu poema mais famoso, "O Cavaleiro de Bronze", recebeu dele a rubrica "Conto de São Petersburgo". Além disso, "O prisioneiro do Cáucaso", um de seus primeiros poemas narrativos (поэмы), foi publicado com a indicação "novela". Portanto, faz sentido que o leitor brasileiro pense nos poemas presentes neste livro como "contos em versos". Ainda mais porque o percurso literário de Púchkin, em seu todo, indica uma lenta transição da poesia para a prosa — caminho que reflete, no plano individual, a tendência dominante no conjunto da literatura russa da época. Pois, com a gradual ampliação do público leitor decorrente das mudanças sociais em curso, a prosa ganhava cada vez mais a preferência dos editores.

Este volume reúne cinco dos doze poemas narrativos escritos por Púchkin. Outros doze ficaram incompletos, em fragmentos e rascunhos. A seleção abrange obras compostas entre os 21 ("O prisioneiro do Cáucaso") e os 34 anos de idade ("O Cavaleiro de Bronze") — quatro anos, portanto, antes da morte do autor. Como era de esperar, há flagrantes diferenças entre os poemas. Mas não só por conta do mero intervalo que os separa nem do esforço de aprimoramento que faz parte da trajetória de qualquer escritor. Tais diferenças tampouco se explicam apenas à luz das diversas situações de vida e dos variados locais em que os textos foram redigidos, ao longo da tumultuada biografia do autor. Ocorre, de fato, que desde a adolescência, quando teve início sua fama de poeta, Púchkin se empenhou em explorar várias direções, gêneros e formatos de maneira concomitante. O que se revela também nas diversas matrizes de vocabulário e de dicção que experimentou.

Além de anotar as histórias, reais ou fictícias, ouvidas em conversas com gente do povo (em particular com a mulher que fora sua babá), Púchkin se interessava pelas palavras e expressões de uso cotidiano e popular. Parte desse material acabava sendo usada na elaboração de seus poemas e tem um peso considerável no efeito e no significado geral das obras. Isso nos remete à posição histórica em que Púchkin se situa na formação e no estabelecimento da língua literária russa. Cabe ter em mente que, desde o século XI, a língua oficial escrita na Rússia era o eslavo eclesiástico, algo mais ou menos comparável ao latim na Idade Média europeia. Ao longo dos séculos, no entanto, a língua falada, de uso geral, foi avançando sobre o terreno prestigioso da escrita literária, ocupado pelo eslavo eclesiástico ou ainda muito influenciado por ele. Púchkin se encontra justamente no momento final dessa longa transformação.

Os poemas desta coletânea são apresentados na ordem cronológica inversa: do mais novo para o mais antigo. Dessa perspectiva, o leitor poderá ir ao encontro do Púchkin mais jovem já tendo ciência de sua obra final e mais madura. A seguir, tratarei dos poemas individualmente, na ordem em que figuram neste volume.

"O Cavaleiro de Bronze" foi escrito no outono de 1833 em Bóldino, propriedade rural próxima à cidade de Níjni Nóvgorod, que Púchkin recebera do pai três anos antes como presente de casamento. Na obra do autor, esse período é chamado de "segundo outono de Bóldino", pois o primeiro data de 1830, quando o poeta se viu preso naquela fazenda numa espécie de quarentena em razão de uma epidemia de cólera. Na ocasião, em pouco tempo Púchkin produziu uma impressionante quantidade de obras, e o mesmo se repetiu no outono de 1833. Foram meses tão excepcionais que, daí em diante, a expressão "outono de Bóldino" se incorporou à língua russa para indicar uma fase extraordinariamente produtiva e criativa.

O cenário de "O Cavaleiro de Bronze" é a capital do Império Russo, São Petersburgo, na época da grande enchente de novembro de 1824. A cidade, construída segundo os planos do imperador Pedro, o Grande (ou Pedro I), se localiza numa região suscetível a inundações. Desde sua fundação, nos primeiros anos do século XVIII, a cidade sofreu mais de trezentas enchentes. O motivo são os ciclos das marés do golfo da Finlândia, que bloqueiam a vazão do rio Nievá, em cujas margens a cidade foi erguida. A enchente de 1824 foi a maior de que se tem notícia: as águas subiram mais de quatro metros. Púchkin, porém, não presenciou os fatos que o poema descreve, pois naqueles dias estava em Mikháilovskoie, propriedade rural da mãe, na província de Pskov, bem ao sul de São Petersburgo. Púchkin fora enviado para lá pelas autoridades, porque numa de suas cartas, abertas pela polícia, dissera que andava muito interessado em "ensinamentos ateístas". A rigor, desde 1820 Púchkin já se encontrava numa espécie de exílio, no sul do Império Russo, por ordem do tsar, mas ainda no exercício de um cargo público e oficial.

Desse modo, para escrever "O Cavaleiro de Bronze" Púchkin teve de se apoiar em relatos de terceiros, como ele mesmo explica na abertura do poema, indicando até algumas de suas fontes bibliográficas. O recurso ressalta a face realista da obra, patente não apenas na matéria narrada como na própria linguagem. Assim como o protagonista é uma pessoa comum, sem nada de heroico ou brilhante, cuja vida se restringe ao horizonte cotidiano dos funcionários de baixo escalão da capital, a linguagem do poema recorre, de modo flagrante e em vários momentos, a formas coloquiais e marcas de oralidade. Não por acaso, "O Cavaleiro de Bronze" assinala o ponto de partida de uma rica vertente da literatura russa que tem como herói o chamado "pequeno homem", ou seja, uma pessoa banal, em contraste com os "grandes homens", heróis de feição idealizada ou romântica. O próprio poema explica ser desnecessário mencionar o sobrenome do herói, por sua irrelevância. De outro lado, seu nome — Evguiêni — tem uma história que, em nosso caso, vale a pena observar com mais detalhe, pois combina à perfeição com o perfil desse "pequeno homem".

Logo após as reformas ocidentalizantes de Pedro, o Grande, o nome Evguiêni, de raiz grega, se difundiu bastante entre a nobreza. Porém, no poema, que se passa mais de cem anos depois, o nome é atribuído a alguém que vive em condições muito distantes das de um nobre. Evguiêni mora em Kolomna, bairro habitado na época por funcionários modestos, onde o próprio Púchkin morou entre 1817 e 1820. A noiva de Evguiêni reside num local ainda mais distante do centro, na margem direita do Nievá, mais próximo do golfo da Finlândia. E seu nome, Paracha, usado por Púchkin em várias obras, evidencia uma origem francamente popular.

As ruas, os prédios e as estátuas que compõem o cenário do poema são reais e, no geral, podem ser visitados ainda hoje. A rigor, mais do que cenário, alguns desses elementos constituem personagens da história. É o caso não só do rio Nievá, mas sobretudo da estátua que dá título ao poema. Feita pelo escultor francês E. M. Falconet (1716-91) por encomenda da imperatriz Catarina II (1729-96), a impressionante estátua equestre do imperador Pedro, o Grande, se destaca até hoje no belo jardim da praça do Senado, à beira do rio Nievá. Empinado, com as patas dianteiras golpeando o ar, o cavalo do imperador calca sob os cascos das patas traseiras uma serpente, símbolo da inveja. A estátua se apoia sobre um enorme bloco de rocha inteiriço, transportado de longe até a praça e esculpido de modo que sugere as linhas de uma grande onda, a fim de simbolizar a vitória sobre as forças da natureza e do caos. Nesse aspecto, vale a pena frisar que, por acaso ou não, em dezembro de 1825, um ano após a inundação de que fala o poema, a mesma praça foi palco da chamada Revolta dos Decabristas, primeira tentativa revolucionária ocorrida na Rússia, da qual participaram vários amigos de Púchkin, presos e condenados logo em seguida.

Embora a estátua seja fundida em bronze, o título do poema adota a palavra russa *miédni*, que a rigor designa o cobre. Posteriormente o fato deu margem a diversas hipóteses, inclusive de que se tratava de uma questão de rima. No entanto, como o cobre é um dos dois componentes da liga que forma o bronze, podemos encarar a palavra como mero sinônimo ou equivalente poético de bronze. Seja como for, depois dos versos de Púchkin, o monumento passou a ser conhecido na Rússia pelo título do poema (Cavaleiro de Cobre), embora as traduções prefiram usar a palavra "bronze".

Desse modo, a presença de elementos do cotidiano e de um contexto histórico específico marca a perspectiva realista de "O Cavaleiro de Bronze". Por outro lado, como o herói, em certa medida, encarna o elo fraco da sociedade da época, a pressão dos conflitos acumulados termina se revelando grande demais para ele e, no clímax da narrativa, o poema é obrigado a abandonar as balizas do cotidiano e do verossímil. Tal recurso ao fantástico e ao delírio, no entanto, em vez de nos transportar para um mundo criado pela imaginação arbitrária do escritor, nos repõe frente a frente, embora por outro ângulo, com a crise histórica original e com seus fatores objetivos. Além disso, ao adotar a loucura como um ponto de observação capaz de revelar o que a sensibilidade acomodada não enxerga, "O Cavaleiro de Bronze" abre caminho para outra vertente de grande futuro na literatura russa, que se prolonga desde Gógol, na primeira metade do século XIX, até Górki, já no início do século XX.

Antes da publicação, qualquer obra literária no Império Russo tinha de ser submetida a alguma instância de censura, como acontecia na grande maioria dos países. No caso de Púchkin, porém, tal instância era o próprio tsar Nicolau I, ou seu representante direto, o chefe dos serviços de segurança. Além de motivações religiosas, que levaram o tsar, por exemplo, a rejeitar a palavra "ídolo" aplicada ao imperador, critérios de outra ordem acarretaram tantas supressões que Púchkin nem sequer encaminhou o texto para publicação. Em 1836 ele reelaborou o poema e fez outra tentativa, mas também malsucedida. Em 1837, porém, já no ano da morte do autor, Jukóvski, o mais importante poeta daquele tempo, amigo de Púchkin e com boas relações na corte, conseguiu publicar numa revista apenas os versos da introdução, e ainda assim com cortes substanciais que ele mesmo executou. Daí em diante o poema foi sendo impresso em forma bastante desfigurada até que, em 1904, foi publicada a primeira versão do texto autêntico. Em 1949, após minuciosas pesquisas filológicas, chegou-se à forma tida como definitiva.

Para compor "O Cavaleiro de Bronze", Púchkin usou o verso chamado tetrâmetro iâmbico na versificação greco-latina. Trata-se do verso formado por quatro pés, cada qual com uma sílaba forte e uma fraca, o mesmo que o autor adotou no romance *Evguiêni Oniéguin*. Esta tradução seguiu a disposição dos versos, das estrofes e das rimas do original, e adotou o verso de nove sílabas, conforme a metrificação silábica corrente em nosso idioma. Também se apoiou nas possibilidades de elisão, apócope, síntese, hiato etc. que a tradição poética vernácula admite. Cabe ainda ressaltar que Púchkin faz, aqui, largo emprego do chamado cavalgamento, ou enjambement. Ou seja, a unidade sintática é cortada no fim do verso, para se concluir apenas no verso seguinte. Esta tradução também não teve cerimônia na adoção dessa técnica, que imprime um dinamismo especial sobretudo às passagens narrativas, que sobressaem no poema, por seu ritmo acelerado e incisivo.

"Uma casinha em Kolomna" foi escrito no chamado "primeiro outono de Bóldino", em 1830. Trata-se de uma réplica poética a críticas publicadas na revista *Siévernaia Ptchelá* [A Abelha do Norte] contra a obra de Púchkin. Ocorre que, na ocasião, tropas turcas e russas travavam grandes combates no sudoeste do país e os comentaristas cobravam do poeta obras sérias e dedicadas às glórias militares nacionais. O teor francamente cômico do poema permite que o autor faça uma alusão irônica a essas críticas quando, logo no início, se refere a "soldados", "desfiles", "tropas", "comandante". A ironia se revela ainda maior porque, no caso, os termos militares são metáforas para o material linguístico corriqueiro ("a ralé do dicionário") com o qual o autor deseja compor seus versos e suas rimas. Na verdade, Púchkin usa as oito primeiras estrofes apenas para justificar tais escolhas e sobretudo defender as vantagens do modelo poético que pretende seguir: a oitava rima.

Assim se chamavam as estrofes de oito versos decassílabos, com três rimas alternadas e um dístico final, que podemos esquematizar da seguinte maneira: ABABABCC. O caráter polêmico, e até debochado, flagrante na escolha desse modelo para "Uma casinha em Kolomna", um poema cômico e burlesco, reside na circunstância de ser a oitava rima, desde o Renascimento, um padrão exclusivo de obras épicas, heroicas, consagradas aos grandes feitos nacionais. Basta o leitor brasileiro recordar que foi essa a forma adotada por Luís de Camões em *Os lusíadas*, que exalta justamente as conquistas e "as memórias gloriosas" dos reis de Portugal, em "mares nunca dantes navegados".

Desde o diminutivo no título ("casinha") e o próprio bairro nele referido (Kolomna, onde moravam funcionários modestos) até a própria matéria da narração, tudo no poema contradiz a pompa heroica associada à oitava rima. Os personagens levam vidas comuns e suas preocupações se atêm ao âmbito do cotidiano mais comezinho. O relato se apoia em diálogos calcados diretamente na oralidade coloquial e, em vez de aventuras e batalhas, conta uma espécie de longa anedota. Por seu lado, o narrador, além de elaborar suas ironias a partir da própria forma literária, como apontamos, zomba dos personagens e do próprio leitor, que, também convertido em personagem do poema, parece nutrir expectativas moralistas e literárias exaltadas demais, em desacordo com a vida cotidiana.

Por fim, será útil ao leitor atual ter em mente que, em sua primeira versão, "Uma casinha em Kolomna" trazia uma epígrafe extraída do poema *Metamorfoses* (livro IV, verso 280), do poeta romano Ovídio (43 a.C.-18 d.C.): *modo vir, modo femina*. Ou seja: ora homem, ora mulher. Na versão definitiva, porém, o autor suprimiu a epígrafe.

"Conde Núlin" foi escrito em Mikháilovskoie, propriedade rural da mãe de Púchkin, na madrugada de 13 para 14 de dezembro de 1825. Curiosamente, nessa mesma data, na capital e em outras cidades do Império Russo, teve lugar a Revolta dos Decabristas, já mencionada. Segundo o próprio Púchkin declarou ao tsar Nicolau I tempos depois, caso não se encontrasse naquele isolamento forçado na zona rural, o poeta teria participado da insurreição ao lado dos amigos. Nesse caso, ninguém sabe qual seria o seu destino, pois alguns revoltosos foram enforcados e outros banidos para sempre, para regiões remotas do país.

"Conde Núlin" foi publicado pela primeira vez, em parte, em 1827 e, por inteiro, em 1828, em dois periódicos. Naquele mesmo ano, o poema foi impresso num livreto junto com o "O baile", de E. A. Baratínski (1800-44), sob o título geral, bastante significativo para nós, de *Dois contos em versos*.

A fonte literária imediata de "Conde Núlin" é o poema "The Rape of Lucrece" [O rapto — ou estupro — de Lucrécia], de William Shakespeare, de 1594, que por sua vez se inspira num episódio talvez lendário da Roma antiga, consagrado na obra do historiador romano Tito Lívio (59 a.C.-17 d.C.). Segundo Tito Lívio, o estupro da nobre Lucrécia por Sexto Tarquínio, filho do rei Tarquínio, o Soberbo, foi o motivo da rebelião que pôs fim à monarquia e instaurou a república de Roma (509 a.C.). A paródia de Púchkin parte da ideia jocosa de que as consequências históricas do fato teriam sido muito diversas, e muito menos graves, se o comportamento dos personagens fosse outro.

De fato, o leitor pode perfeitamente ler e desfrutar o poema sem ter a menor ideia disso. O motivo para tanto é que a ironia de Púchkin não se restringe a alterar o desfecho de uma história já fixada em forma de mito. Além disso, ele retira de cena os reis e os nobres da Antiguidade clássica e os substitui por gente comum, senhores rurais russos contemporâneos do autor e do leitor. Por outro lado, parte considerável da narração transcorre em forma de diálogos, forjados na linguagem mais espontânea e coloquial, que sublinham o tom prosaico predominante no conjunto do poema e crucial para o seu significado. Nesse aspecto, aliás, a dinâmica irregular das rimas adotada em "Conde Núlin" impulsiona o efeito de espontaneidade.

O questionamento das expectativas literárias enobrecidas que o tema original pode sugerir é reforçado quando

Púchkin transporta o leitor para o centro do poema e, com um tratamento de grande intimidade, o aproxima do autor e dos personagens. Nada mais natural, de resto, pois toda a situação se apresenta da maneira mais concreta e familiar. No conjunto, trata-se de cenas domésticas com as quais o leitor se identifica de pronto, o que, por sua vez, autoriza o narrador a lhe dirigir ironias e indiretas, às vezes provocadoras.

Cumpre ainda chamar a atenção do leitor para a circunstância de que, no início do poema, o conde Núlin acaba de chegar da Europa, trazendo uma porção de objetos, ideias e até "sentimentos" importados, como enfatiza o narrador. O teor sarcástico do texto ganha relevo quando toda essa bagagem do conde — ilustrada por uma série de nomes estrangeiros — revela sua substância escassa em confronto com a realidade local. Por último, convém deixar claro que o próprio nome Núlin remete à palavra russa *nulh*, que significa zero, nulo.

O poema "Os ciganos" começou a ser escrito em 1824, em Odessa, e foi concluído em Mikháilovskoie. No período de abril de 1820 a agosto de 1824, Púchkin viveu na Crimeia, em Odessa e em Kichnióv por ordem do tsar, numa espécie de exílio não declarado, quando circulou também pelo Cáucaso. Os poemas que compôs nesse intervalo são chamados de "poemas do sul", e "Os ciganos" é tido tradicionalmente como o último deles. Na verdade, quase três anos dessa fase o poeta viveu em Kichnióv (ou Quichinau), atual capital da Moldávia e, na época, principal cidade da província da Bessarábia, situada entre as atuais Romênia e Ucrânia e incorporada ao Império Russo em 1812, após uma série de guerras entre a Rússia e o Império Otomano. A publicação do poema se deu, primeiro, em fragmentos avulsos reproduzidos em periódicos, enquanto, ao mesmo tempo, o irmão de Púchkin o recitava inteiro nos círculos literários de São Petersburgo. Desse modo, "Os ciganos" já era bastante conhecido quando, em 1827, foi afinal editado na íntegra, em forma de um livreto.

Os pesquisadores muitas vezes questionam o rigor etnográfico do retrato que Púchkin faz dos ciganos e discutem até que ponto ele os conhecia, de fato, e se chegou mesmo a vagar com alguns de seus bandos, como as palavras do epílogo do texto dão a entender. Seja como for, esse povo errante era tão disseminado e tão presente na Bessarábia que seria bastante improvável uma ausência total de contatos diretos. A rigor, tendo em vista a personalidade do jovem Púchkin, é mais lógico supor o contrário.

Mais do que um ambiente humano exótico e pitoresco, ao gosto dos românticos, o bando de ciganos do poema serve para criar uma dimensão à margem da história moderna e uma perspectiva em conflito com ela. O personagem principal, Aleko, um forasteiro incorporado ao bando, provém da "cidade", onde, pelo que se diz, vivia entre nobres. Sua dificuldade em adaptar-se ao novo padrão de vida constitui o conflito central do poema. Palavras como "selvagem", "cidade", "nobreza", "liberdade", "lei", "luxo", "pobreza" se distribuem pelo poema à maneira de linhas mestras que conduzem o drama à sua crise final. A pressão da comunidade formada pelo bando, com suas tradições e valores, em atrito com o individualismo passional de Aleko, assume a forma de um questionamento da sociedade contemporânea do autor. Nesse aspecto, cabe destacar as palavras do velho pai de Zemfira, uma espécie de porta-voz da sabedoria ancestral daquela comunidade. Em especial no verso "Quer só para si toda a liberdade", censura que ele faz a Aleko. O verso será objeto de muitos debates entre intelectuais russos nas décadas seguintes, quando era o caso de pôr em dúvida os pressupostos do liberalismo, base filosófica da ordem burguesa em formação.

A composição do poema chama a atenção por seu feitio fragmentário e descontínuo. A rigor, são onze cenas avulsas, que correspondem a dois anos da vida do bando de ciganos. Grande parte do poema se apresenta em forma de diálogos e há mesmo três cenas cujo texto contém apenas as falas dos personagens. Tão flagrante é o caráter dramático e teatral da composição de "Os ciganos" que Púchkin chegou a acrescentar algumas rubricas de encenação, à maneira dos textos de fato escritos para o palco. Não admira, portanto, que o poema tenha sido adaptado várias vezes para o teatro e mesmo para óperas. É o caso de *Aleko*, ópera composta por Rakhmáninov em 1892, com libreto de Nemiróvitch-Dântchenko, o célebre companheiro de Stanislávski no grupo que viria a formar o Teatro de Arte de Moscou.

Outro ponto que merece destaque é a referência velada a Ovídio presente nas palavras do velho pai de Zemfira. Ocorre que, por ordem do imperador romano Augusto, Ovídio foi exilado na região do delta do rio Danúbio, contígua à Bessarábia, onde Púchkin vivia seu próprio exílio. Desse modo, fica traçado um paralelo silencioso entre a situação dos dois poetas, que ganha ainda mais relevo contra o fundo temático do nomadismo dos ciganos do poema de Púchkin e da presença de um forasteiro fugitivo em seu bando.

"Os ciganos" foi escrito com base no verso tetrâmetro iâmbico, o mesmo de "O Cavaleiro de Bronze" e de *Evguiêni Oniéguin*, exceto uma estrofe avulsa em que a situação de Aleko é comparada à de uma ave migratória e o trecho referente à canção de Zemfira. A tradução respeitou essas diferenças métricas, adotando formas próprias à versificação vernácula. Por último, vale a pena o leitor ter ciência de que os versos da canção cigana de Zemfira ganharam tanta popularidade ao longo dos anos que foram musicados por diversos compositores russos, entre eles Anton Rubinstein e Piotr Tchaikóvski, já no fim do século XIX.

"O prisioneiro do Cáucaso" foi escrito em 1820, na Crimeia, e concluído em 1821, em Kámienka, na região central da atual Ucrânia, e em Odessa. Nos rascunhos, seu título original era apenas "Cáucaso". A primeira publicação, em 1822, sofreu vários cortes da censura, posteriormente recuperados nas edições de 1828 e na coletânea *Contos e poemas*, de 1835, quando Púchkin, já bem mais maduro, estava casado e morando em São Petersburgo. O poema alcançou o maior sucesso que Púchkin conheceu em vida. Mesmo assim, em 1829 o autor se referiu à sua obra nestes termos: "No todo, é fraco, juvenil, imperfeito; mas há muita coisa captada e expressa de forma correta". No entanto, tal juízo indica menos uma avaliação objetiva do poema do que o esforço de Púchkin, naquela altura, para afastar-se dos modelos e conceitos românticos de sua primeira juventude.

À diferença dos demais textos deste livro, "O prisioneiro do Cáucaso" traz um grande número de notas do próprio autor, em muitas das quais se percebe sua preocupação histórica e até etnográfica. Nesse mesmo aspecto, o leitor vai notar que o poema se refere ao prisioneiro russo como o "europeu", em contraste com os caucasianos (ou "circassianos"), percebidos, portanto, como um povo de matriz cultural muito distinta. A perspectiva romântica adotada pelo poema ressalta a pureza selvagem da gente do Cáucaso, em que a violência e o ânimo guerreiro alternam com a hospitalidade — dinâmica sintetizada na expressão "amor selvagem", presente logo no início da primeira parte. Em contrapartida, o autor enfatiza a degradação dos sentimentos e a amargura egoísta do "europeu" — no caso, um prisioneiro russo, desiludido do seu meio social.

Na verdade, os russos começaram a chegar ao Cáucaso ainda no século XVI e lá encontraram populações marcadas pelo influxo de povos turcos e persas, ou seja, culturas bastante diversas da russa. Não bastasse isso, depararam com uma geografia caracterizada por montanhas, elemento quase inexistente no cenário natural da Rússia, formado por vastas planícies ou estepes. Portanto, na percepção russa, a imagem exótica da população do Cáucaso ganhou o estímulo adicional da própria paisagem local, como se percebe nas esmeradas descrições que o leitor encontrará nos versos de "O prisioneiro do Cáucaso". As montanhas, os rios, os animais, as florestas ora avançam para o primeiro plano, quase como personagens, ora recuam, formando o pano de fundo para a narração de uma epopeia em miniatura. No entanto, de um modo ou de outro, sua presença se faz sempre sentir.

Além da natureza, outro pano de fundo constante e significativo no poema é a Guerra do Cáucaso. Assim é chamada a campanha militar de meio século na qual o Império Russo concluiu a incorporação do norte do Cáucaso a seu território — um longo processo que aprofundou a troca de influências culturais e demográficas entre as populações eslavas e caucasianas. E, se o teor histórico do poema dá margem a alguma dose de retórica épica e heroica, a personalidade do protagonista e, sobretudo, seu comportamento um tanto frio ao final da narrativa põem em questão pelo menos certo tipo convencional de orgulho patriótico.

Por último, convém ao leitor saber que, na literatura russa, as palavras "O prisioneiro do Cáucaso" são mais do que o simples título de um poema de Púchkin. Representam também um conjunto de temas e discussões de grande alcance e profundidade na cultura e na história do país, que serão desenvolvidos ao longo do tempo em diversas obras, algumas delas clássicas. Por exemplo, o longo poema "O prisioneiro do Cáucaso" (1828) de Mikhail Liérmontov (escrito quando o autor tinha catorze anos) e o conto "O prisioneiro do Cáucaso" (1872), de Liev Tolstói. Sem falar de vários filmes produzidos nos séculos XX e XXI, com a mesma temática e sempre com o mesmo título, ou alguma variação que a ele remete de forma direta. Apenas para ilustrar a índole e o conteúdo de tais debates, pelo menos quando se trata de acusar a crença de superioridade da cultura "europeia" sobre a "selvagem", podemos destacar estes versos do poema de Púchkin a respeito de seu protagonista: "Talvez nesse povo selvagem/ E em sua diversão cruel/ Ele veja a própria imagem/ Refletida em espelho fiel".

# O Cavaleiro de Bronze

*Conto de São Petersburgo*

# Prólogo

Os acontecimentos descritos neste conto se baseiam na realidade. Os detalhes da inundação foram extraídos dos periódicos da época. Os mais curiosos podem informar-se no relato redigido por V. N. Berkh.[1]

1. Vassíli Nikoláievitch Berkh (1781-1835), historiador russo especializado em história naval. Trata-se, no caso, da inundação de 1824. [Esta e as demais notas chamadas por número são do tradutor.]

# Introdução

À beira de ondas desabitadas,
Repleto de ideias exaltadas,
*Ele*[2] olha ao longe. O rio à sua frente
Corre largo; uma canoa desolada,
Solitária, avança indolente.
Nas margens de musgos, lamacentas,
Só isbás[3] esparsas e cinzentas,
Abrigos de nativos[4] em ruína.
E bosques onde o sol não entra,
Envoltos por espessa neblina,
Rumorejam em redor.

E ele pensa:
"Daqui, aos suecos faremos frente,
Numa nova cidade que vença
E rechace o vizinho insolente.[5]

2. Refere-se a Pedro, o Grande, primeiro imperador da Rússia, fundador de São Petersburgo.

3. Casa rústica de madeira, típica da Rússia.

4. Em russo, *tchukhónets*: designação genérica de povos estonianos e finlandeses que, escassamente, habitavam a região.

5. Refere-se à invasão da Rússia pela Suécia, maior potência militar da época, na Grande Guerra do Norte, que envolveu vários países e só terminou em 1721, com o fim do Império Sueco.

A natureza aqui nos apela
A abrir para a Europa uma janela,*
Nosso pé de apoio ao pé do mar.
Aqui, nos visitarão bandeiras
Em naus de nações da Terra inteira,
E no mundo iremos banquetear".

Passaram cem anos e hoje assombra
As nações do norte esta cidade,
Que, da lama, do lodo e da sombra,
Se ergueu com orgulho e grandiosidade.
Onde antes só o pescador nativo,
Triste rebento da natureza,
Nas margens ermas do rio esquivo,
Com a rede rude caçava a presa,
Hoje, em margens cheias de gente,
Se aglomeram em fila, e frente a frente,
Torres esguias em pontas de ouro,
Palácios enormes e elegantes;
Navios de todos os quadrantes
Acorrem ao rico embarcadouro.
O Nievá vestiu-se de granito,
Sobre as águas suspenderam pontes,
Suas ilhas são nobres distritos,
Jardins abertos aos horizontes.
Frente à jovem capital marinha,
Moscou faz da sombra o seu reduto,
Como, em face da nova rainha,
Uma viúva em trajes de luto.

* Algarotti disse certa vez: "*Pétersbourg est la fênetre par laquelle la Russie regarde en Europe*". (N. A.) [Francesco Algarotti (1712-64), iluminista italiano, escreveu um relato sobre sua visita à Rússia entre 1738 e 1739. A frase em francês significa: "Petersburgo é a janela da Rússia para a Europa".]

Eu te amo, sonho e criação
De Pedro. Amo tua altiva imagem,
Amo o Nievá, sua vastidão,
Amo o granito em sua margem
E os ornatos das grades de ferro;
Amo tuas noites pensativas,
Penumbra cristalina em que eu erro,
Luz opaca que o meu quarto aviva
Para eu ler e escrever sem luz de velas;[6]
Amo tuas ruas claras e belas,
Que dormem desertas, e o dourado
Brilho da Agulha do Almirantado,[7]
E os crepúsculos que se sucedem
Tão ligeiros que a noite mal dura
Meia hora* e, em sua pressa, impedem
Que a cor de ouro do céu fique escura.
Amo o ar imóvel e o furor frio
Do teu inverno, estação raivosa;
Trenós correndo à margem do rio,
Faces moças mais rosa que as rosas,
O clamor dos bailes ofuscantes,
Nas farras de jovens, vozerio,
Chiado de taças espumantes
E o ponche azul como um fogo frio.
Amo a belicosa alegria
Dos desfiles no Campo de Marte,[8]

6. Todo este trecho se refere ao fenômeno das noites brancas, entre o fim de maio e o início de julho, quando o céu só escurece por poucas horas.
7. Trata-se da sede do Comando Naval, encimado por uma longa ponteira dourada.
* Vejam os versos do príncipe Viázemski para a condessa Z. (N.A.) [Trata-se do príncipe Piotr Andréievitch Viázemski (1792-1878), amigo de Púchkin.]
8. Ampla praça onde, na época, ocorriam desfiles militares.

A simétrica beleza e arte
Dos cavalos e da infantaria,
Que ondulam em uniformes fileiras,
Farrapos das vencidas bandeiras,
Elmos de bronze, em que a luz se espalha,
Perfurados à bala em batalha.[9]
Amo o canhão que atira e a fumaça,
Trovão na capital militar,
Quando a tsarina amplia a raça
E dá mais um filho à luz e ao tsar,
Ou é a vez de a Rússia celebrar
Outra vitória, ou, como se espera,
Racha o gelo azul do rio e estronda,[10]
Enquanto o Nievá o arrasta em ondas,
Abrindo caminho à primavera.

Cidade de Pedro, bela cresça,
E, como a Rússia, firme resista.
Que as águas vencidas reconheçam,
Pacificadas, suas conquistas.
Que as ondas da Finlândia[11] esqueçam
Sua antiga prisão e a sanha hostil;
Não perturbem, com rancor pueril,
Pedro, que dorme na eternidade!

Foi num tempo de calamidade;
Sobre ele, ainda é fresca a memória,
Sobre ele, amigos a quem sou grato,
A vocês, contarei minha história,
E será bem triste o meu relato.

9. O trecho se refere aos chamados troféus de guerra.
10. No degelo, o rompimento das placas de gelo nos rios pode emitir fortes estalos.
11. São Petersburgo fica à margem do golfo da Finlândia. Estes versos se referem às inundações, relacionadas também aos movimentos das marés do golfo da Finlândia.

## Primeira parte

Novembro: o outono sopra gelado
Sobre a já sombria Petrogrado.[12]
Estalando suas ondas prementes
Contra as pedras das belas muretas,
Se agita o Nievá, como um doente
Sofre em seu leito, preso a grilhetas.
Está escuro, já altas horas;
Forte a chuva nos vidros lá fora;
Uiva o vento, um gemido que dói.
Então, após um encontro com amigos,
Buscou Evguiêni em casa um abrigo...
Chamemos nosso jovem herói
Por esse nome. Ele soa bem:
No passado, o meu verso também
Se mostrou com ele solidário.[13]
Seu sobrenome é desnecessário,
Embora ele talvez tenha, sim,
Brilhado nos tempos ancestrais

12. Ou seja, cidade de Pedro. A palavra aqui usada por Púchkin viria a ser o nome oficial da cidade entre 1914 e 1924.
13. Referência ao romance em versos *Evguiêni Oniéguin*, concluído por Púchkin pouco antes. Seu protagonista também se chama Evguiêni.

E, sob a pena de Karamzin,[14]
Ecoado nas lendas nacionais.
Hoje, a mais ninguém ele impressiona.
Nosso pobre herói mora em Kolomna,[15]
Funcionário humilde, ele evita
Gente importante e nem cogita
Em parentes há muito defuntos,
Em eras mortas e em tais assuntos.

Chegando em casa nesse momento,
Evguiêni despiu-se e foi para a cama.
O sono não veio: a mente em chamas,
Varrida por vários pensamentos.
Pensava em quê? Que só com trabalho
Um pobre que se veste em frangalhos,
Como ele, quem sabe alcançaria
Renome, honra e independência;
Pensava que Deus bem poderia
Lhe dar dinheiro e inteligência:
Há tantos felizardos ociosos,
De mente estreita e preguiçosos,
Para quem tudo é tão fácil na vida!
Pensava que só tinha dois anos
De carreira, que o mau tempo insano
Piorava e que o rio, a toda brida,
Subia bravio, sem parar.
Fechadas as pontes do Nievá,
Evguiêni, por dois dias ou três,
Não veria Paracha[16] outra vez.

14. Nikolai Mikháilovitch Karamzin (1766-1824). Escritor, poeta e historiador. Sua principal obra é a *História do Estado russo*, em doze volumes, a que se refere Púchkin nesta passagem.
15. Bairro de São Petersburgo, modesto na época, situado entre os rios Fontanka e Moika.
16. Hipocorístico do nome Praskóvia.

Um suspiro abriu seu coração
E Evguiêni pensou como um poeta:

"Casamento? Eu? Mas por que não?
É duro, a mudança é completa.
Mas sou jovem, saudável, capaz
De trabalhar sem pausa, sem paz.
Logo arranjarei, de algum jeito,
Um refúgio simples para nós dois,
Onde viveremos satisfeitos.
E, talvez, uns dois anos depois,
Um emprego melhor sempre se acha.
Da família, vai cuidar Paracha,
Dos filhos e sua educação...
Viveremos assim, sem mistérios,
De mãos dadas, até o cemitério,
Onde os netos nos enterrarão..."

Assim sonhava. E em desalento
Desejava que, em tal noite atroz,
Não soprasse tão triste o vento,
Não batesse a chuva tão feroz
Na janela...
Por fim, o torpor
Fecha seus olhos. Depois, desfaz-se
A escura bruma, e um dia sem cor,
Sem luz, dessa negra noite nasce...*
Dia horrendo!

* Mickiewicz, em belos versos, descreveu o dia anterior à inundação de São Petersburgo num de seus melhores poemas: "Oleszkiewicz". Pena que a descrição seja inexata. Não havia neve, o Nievá não estava coberto de gelo. Nossa descrição é mais fiel, embora nela faltem as cores luminosas do poeta polonês. (N. A.) [Refere-se ao poeta polonês Adam Bernard Mickiewicz (1788-1855).]

O rio, a noite inteira,
Se arrojou contra o mar e a tormenta.
Mas a fúria insensata que o enfrenta
Não vê no Nievá grave barreira...
De manhã, o povo se aglomera
Nas margens, vê como se avoluma
O rio, que ruge como fera
E empina e jorra em jatos e espuma.
Mas do golfo sopra forte o vento
E o Nievá, empurrado para trás,
Recua revolto e, cruento,
Suas ilhas inunda, voraz.
O tempo ruim mais se enfurece,
O Nievá ronca, urra e cresce,
Como um caldeirão, ferve e borbulha,
E o rio, em que a cidade mergulha,
Contra ela se insurge selvagem.
Em fuga, todos correm das margens,
Somem de súbito e a água avança,
Porões adentro em ondas se lança,
Jorram os canais através das grades.
Como um tritão,[17] emerge a cidade
Da água que sua cintura alcança.

Assédio! Assalto! Como ladrões,
Ondas se esgueiram pelas janelas.
Botes que boiam em becos, vielas,
Rompem vidros e invadem os salões.
Flutuam casebres em pedaços,
Telhados, madeiras, estilhaços,
Tabuleiros de humildes feirantes,
Trastes do comércio da miséria,
Pontes que a água arrasta adiante.

17. Na mitologia grega, deus marinho, filho de Posêidon. Nas pinturas, é a contraparte masculina das sereias.

Caixões do alagado cemitério
Navegam pelas ruas e praças!
Pensa o povo:
É a ira divina.
Sem teto e pão, é a nossa desgraça!
Ao falecido tsar coube a sina
De reinar na Rússia nesse ano.[18]
Da sacada, ele diz, vendo os danos:
"Contra a natureza, é pouco um tsar".
Sentou-se e, aflito, pôs-se a olhar
Tão espantosa calamidade.
Praças viraram lagos bravios
Onde desaguavam como rios
Ruas largas de toda a cidade.
O palácio parece uma ilha
Desolada. De lá, o tsar ordena
Que em toda rua, grande ou pequena,
Os generais salvem as famílias
E as pessoas que o pavor abate
E em suas próprias casas se afogam.
Eles partem no duro resgate,
Contra o risco das águas se jogam.

Na praça de Pedro,[19] nessa hora,
Onde um prédio novo na água aflora,
De colunas e alpendre imponentes,
Dois leões, ao pé da escadaria,
Com a pata erguida, estão de vigia;
São de mármore e parecem gente.
Pálido, imóvel, diante da enchente,
A cavalo sobre um leão montado,
Está Evguiêni, muito assustado.

18. Trata-se de Alexandre I, que morreu em 1825.
19. Atual praça do Senado, onde se encontra a estátua equestre de Pedro I, chamada Cavaleiro de Bronze.

Mas não por si. Pois ele nem nota
Que já a maré lambe a sua bota
E sobe voraz; nem que do céu
Cinzento a chuva açoita a sua cara,
Nem que o vento, em fúria, dispara,
Rouba-lhe da cabeça o chapéu.
Seu olhar em desespero aponta
Para um bairro nos confins da cidade.
Lá, vê que sobem ondas sem conta,
Montanhas de água e tempestade
Que vêm das profundezas revoltas.
Restos à deriva, coisas soltas,
Lá flutuam... Oh, Deus, mas que desgraça!
Pois lá, onde o golfo a terra abraça,
Há o salgueiro e o muro sem pintura
Do casebre de parede escura
Onde elas moram — dia medonho —,
A viúva e a filha, a sua querida
Paracha, seu sonho... Ou é um sonho
O que ele está vendo, e nossa vida
É um sonho vão que a morte encerra:
Brincadeira que o céu faz com a terra.

E Evguiêni parece enfeitiçado,
Ao mármore se sente cravado:
Descer não pode! Em volta, a enxurrada
Sem fim, só água, água e mais nada!
De costas para ele, lá no alto,
Paira acima de qualquer abalo,
Braço erguido, como um arauto,
Contra o Nievá e seu assalto,
O ídolo em bronze em seu cavalo.[20]

20. Refere-se à estátua de Pedro, o Grande.

## Segunda parte

Mas farto, agora, de violência,
Saciado, enfim, de destruição,
Volta o Nievá a seu bastião.
Deliciado com a própria insolência,
Ele abandona com displicência
Sua presa. Assim um bandoleiro
Invade, com ferozes parceiros,
E toma de assalto uma aldeia,
Fere, destrói, queima, saqueia;
Mas, com a sobrecarga da pilhagem,
Temendo um cerco ou sabotagem,
Se apressa em fugir ao seu covil,
Largando o butim pelo caminho.

A água baixa com um murmurinho,
Ressurgem a calçada e o peitoril.
E Evguiêni, com a alma em remoinho,
Se apressa, entre o medo e a esperança,
Rumo ao rio que ainda não amansa.
No êxtase da vitória, as ondas
Ainda fervem revoltas, estrondam
E espumam, como se uma fornalha,
Por baixo, ardesse num fogo ralo.
E o rio bufa como um cavalo
Que, cansado, volta da batalha.

Então, como se fosse um achado,
Evguiêni vê um bote do outro lado.
Corre até lá, chamando o barqueiro,
Que o leva pelas ondas bravias,
Qual se fosse o mais banal dos dias,
Em troca de um mísero dinheiro.

Luta o remador experiente
Muito tempo contra as ondas altas.
E a todo instante quase a corrente
Encobre o bote, que segue em frente,
Afunda e volta, empina e salta.
Enfim, chega à margem. E o coitado
Corre à rua que tão bem conhece.
Mas nada com o que era se parece:
Visão terrível! Tudo mudado.
À sua frente, escombros se amontoam,
Destroços, ruínas se esboroam.
Vê casas sem conta retorcidas
E outras pelas ondas demolidas,
Na torrente lançadas por terra
E, tal como num campo de guerra,
Cadáveres caídos na lama.
Corre Evguiêni em total desatino,
Sobre ele o pavor se derrama.
Corre para onde o aguarda o destino
Com a notícia da fatalidade
Como uma carta entregue em mãos.
Ele chega aos confins da cidade,
Vê o golfo, procura a casa e então...
O que é isso?...
                                        Ele para, espantado.
Busca, olha atrás, à frente e dos lados.
De novo vira, volta e enfim acha
O local da casa de Paracha.
Este é o salgueiro. Foi-se o portão

Na enchente. Mas a casa, onde está?
Envolto em soturna inquietação,
Evguiêni roda em todo lugar,
Fala sozinho, implora, protesta.
De súbito, bate a mão na testa,
E ri: já baixara o manto escuro
Da noite na cidade em apuro.
Como dormir agora é impossível,
Todos falam do dia terrível.
Mas quando arde da manhã o raio,
Rompendo o cansaço e o desmaio
Das nuvens, a calma capital
Já não vê mais traços da desgraça.
O véu da púrpura matinal
Encobre os danos, ou disfarça:
Tudo parece um dia normal.
Com sua indiferença fria,
As ruas seguem seu dia a dia.
Deixando seu abrigo noturno,
Funcionários vão cumprir seu turno.
O comerciante, de astúcia e siso,
Abre o porão que o Nievá roubou,
Já pensando em passar o prejuízo
A qualquer um que se descuidou.
Barcos são tirados dos quintais
E já escreveu versos imortais
Sobre os infortúnios do Nievá
O poeta a postos — outro não há:
O conde Khvostóv.[21] Sim: quem mais?

Mas e meu pobre Evguiêni, o infeliz?...
Sua mente abalada não resiste

21. Dmítri Ivánovitch Khvostóv (1757-1835). Representante do classicismo tardio. Púchkin escreveu famosas paródias de seus poemas.

À força de fatos tão hostis.
No ouvido, um som revolto persiste:
O ronco do Nievá e do vento
Sempre vibra e reverbera triste.
No impulso de amargos pensamentos,
Evguiêni vaga envolto num sonho.
Passa uma semana, um mês medonho,
E ele sempre na rua, ao relento.
Seu quarto vazio, findo o prazo,
Tem novo inquilino: por acaso,
Um poeta pobre para ali veio.
Evguiêni nem foi buscar seus bens.
Para ele, o mundo é de todo alheio.
Anda sem rumo, num vai e vem,
Dorme num cais, só come se alguém
Lhe dá restos na porta de fundos.
Suas roupas, andrajos imundos,
Apodrecem, pendem em farrapos.
Crianças jogam pedras quando passa.
Estalam chicotes em seus trapos,
Pois os cocheiros não acham graça
Em vê-lo parado no caminho.
Evguiêni não sabe aonde ir,
Parece nada ver, nada ouvir,
Surdo em seu mental burburinho.
Ele arrasta assim sua triste vida,
Nem bicho nem gente, alma ferida,
Nem vivo nem morto, carne vazia...
Certa vez, dormia ele num cais
Do Nievá. E o verão, dia a dia,
Virava outono. Um vento mordaz
Já se insinua. As ondas sombrias
Lambem a pedra do cais com espuma,
Pisam os degraus de leve, uma a uma,
Como apelantes batem à porta
De um juiz a quem nada importa.

O infeliz desperta à chuva e ao vento:
Gotas, uivos, sombra e desalento.
Aos silvos do vento um sentinela
Faz eco, ao longe, numa viela.
Mal acorda Evguiêni, já regressam
As más lembranças; a toda pressa,
Levanta-se ele e sai a vagar.
De súbito para e, devagar,
Descobre com pavor que a fortuna
Levou-o de volta à mesma escada,
Deixou-o ao pé das mesmas colunas
De um prédio grande cuja entrada
Dois leões guardam com a pata erguida,
De mármore, e parecem ter vida.
E à sua frente, suspenso às alturas
De um rochedo para ali transportado,
Ergue o braço o ídolo e fulgura
Num cavalo de bronze montado.

Com o choque, Evguiêni se apavora:
Reconhece e recorda o local
Varrido pela enchente brutal,
Onde ondas, em tropel, rua afora
Bufaram à sua volta, como à caça
De presas. Vê os leões, vê a praça,
Vê o vulto imóvel, no alto, a pairar,
Com a cabeça de bronze erguida
Cujo sonho fatal ganhou vida
Na nova cidade à beira-mar...
Apenas vê-lo o temor já instiga!
Que ideias sua fronte abriga!
Que força, que fogo, no penhasco,
No tsar e no cavalo brioso!
Para onde vais, animal orgulhoso?
Daqui, onde irão pousar teus cascos?
Senhor do destino, oh, soberano!

Não foi assim que, com rédeas duras,
Empinaste a Rússia nas alturas,
À beira do abismo do oceano?

Lança o louco olhares furibundos
Ao contornar o alto pedestal:
Mira em cheio o rosto de metal
Do ídolo e senhor de meio mundo.
Um aperto no peito o asfixia.
Encosta o rosto na grade fria,
Nubla seus olhos uma neblina,
Risca em seu coração uma chama,
O sangue ferve e a alma se inflama:
A estátua altiva o desatina.
Uma espécie de força obscura
O faz cerrar os punhos e os dentes
E sussurrar, num tremor demente:
"Milagroso construtor", conjura.
"Ah, você me paga!..." E, de repente,
Põe-se a correr, pois tem a impressão
De que, traindo súbita ira,
O lento rosto do tsar se vira
Em resposta à sua imprecação...
Evguiêni corre através da praça
E, atrás dele, um som cresce e ameaça,
Como o estrondo em que rola um trovão.
É um tropel que trepida o chão,
Um galope que abala a calçada.
Sob a luz da lua desmaiada,
Com o braço esticado para o alto,
O Cavaleiro de Bronze voa
Atrás dele, a galope e aos saltos.
E no encalço de Evguiêni ecoam,
Noite adentro, sem trégua ou quartel,
Por mais que fuja e corra o incauto,
Os cascos de bronze em tropel.

Desde então quando a Evguiêni ocorria
Passar naquela praça, em seu rosto
A perturbação logo crescia.
A mão premia o peito indisposto,
Como para aplacar seu tormento.
Ele contornava o monumento,
Tirando o esfarrapado boné,
Com o olhar baixo, para o próprio pé.

Há uma ilhota no litoral
Onde às vezes, já tarde, atraca
E estende sua rede numa estaca
Um pescador à moda ancestral
Que ao ar livre cozinha o jantar.
Ou um funcionário vai passear
De barco, ao domingo, na ilhota
Onde nem grama nem hera brota.
Lá encalhou, nas ondas da enchente
Sacudido, um casebre em ruína,
Como uma planta murcha e franzina.
Com a primavera, veio gente
Numa barca para levá-lo embora.
Junto à porta, do lado de fora,
Encontraram o meu pobre louco
Estendido ao pé dos destroços.
Ali mesmo escavaram um pouco
E entregaram a Deus os seus ossos.

# Uma casinha em Kolomna

I

Tetrâmetros iâmbicos[1] eu não quero!
Qualquer criança sabe fazê-los.
Basta, já vão tarde. Há muito eu espero
Fazer da oitava rima o meu modelo.
A assonância tripla,[2] em passo severo,
Me alçará à glória! E, como os cabelos,
Rimas enchem minha cabeça inteira:
Mal nascem duas, já vem a terceira.

II

Para abrir às rimas livre passagem,
Os verbos eu vou escolher primeiro...
Rimar verbos, bem sei, não é vantagem,
Porém tem nobre linhagem de herdeiros.

1. Na versificação russa (a exemplo da greco-latina), o iambo é o verso em que cada pé é composto de uma sílaba fraca e uma forte, e o tetrâmetro é o verso de quatro pés.
2. Refere-se aos seis primeiros versos, com três rimas alternadas, presentes em cada estrofe da chamada oitava rima (oito versos decassílabos).

Assim Chikhmátov[3] sua santa linguagem
Compunha. E eu mesmo sequei meu tinteiro
Com tais rimas. Vamos nos desnudar!
Doravante com verbos vou rimar.

III

Meus cortes não seguem regras pedantes,
Não excluo os soldados de pé chato
Nem cavalos de porte claudicante.
Conjunções e advérbios são candidatos
Aptos à tropa deste comandante.
A ralé do dicionário eu resgato!
Preciso de rimas: sons são recrutas
Não para um desfile, mas para a luta.

IV

Rimas femininas e masculinas![4]
Peçam bênção a Deus e atenção: sentido!
De três em três, em filas paulatinas,
Entrem nas oitavas com pés medidos!
Não temam excessos de disciplina.
Calma: basta obedecer aos ouvidos.
O hábito logo alivia as agruras,
Deixa nossa estrada lisa e segura.

3. Príncipe Serguei Aleksándrovitch Chirínski-Chikhmátov (1783-1837), cujo nome eclesiástico era monge Anikita. Foi escolhido membro da Academia Russa em 1809.
4. Masculinas são rimas oxítonas; femininas são as paroxítonas.

V

Que alegria numerar os meus versos:
Tudo em ordem, em algarismos romanos.
Não deixar que tomem rumos dispersos,
Como tropas que combatem sem planos!
Cada letra é um herói incontroverso
No esquadrão de estrofes que eu engalano.
A quem me comparo aqui? Tamerlão?[5]
Ou o poeta é o próprio Napoleão?

VI

Repousemos neste ponto final.
E agora? Eu abandono ou… *finco o pé*?[6]
O pentâmetro,[7] eu sei, não fica mau
Com a cesura no segundo pé.
Sem isso o verso é um rombo ou um degrau
E, embora deitado num canapé,
Parece que eu viajo aos solavancos,
Sobre o solo arado, num coche, aos trancos.

VII

Que importa? Nem sempre se pode andar
Nas calçadas do Nievá, o assoalho

5. Tamerlão (Timur-i-Lang) (1336-1405), comandante de tribos nômades turco-mongóis da Ásia Central, que formou um vasto império.
6. Em russo, "*pustit na pe*", que na época significava dobrar a aposta no jogo de cartas.
7. "Uma casinha em Kolomna" está escrito em pentâmetros: versos de cinco pés, que correspondem aproximadamente aos decassílabos na nossa versificação.

Dos bailes polir com os pés, cavalgar
Na estepe quirguiz. Vou de galho em galho,
De estação em estação, até chegar.
Como na história do excêntrico paspalho
Que a cavalo, sem comida, viajou
Até o rio Nievá desde Moscou.

VIII

Isso é que é cavalo! Nem o corcel
Do Parnaso, o Pégaso, o alcançaria:
Sem dentes, fraco... a velhice é cruel.
Só cresce urtiga em sua terra baldia,
Secaram suas fontes e as musas, ao léu,
Já pediram aposentadoria.
Minha barraca, da clássica montanha,[8]
Mudei para a feira livre das barganhas.

IX

Sente aí, Musa, e fique bem quietinha.
Braços cruzados, menina levada!
Lá vai: era uma vez uma velhinha,
Pobre e viúva que não tinha nada,
Senão uma filha e essa casinha,
Junto à igreja[9] e à guarita do guarda.
Faz oito anos, mas para mim lá está ela:
Sótão, varanda, porta e três janelas.

8. Ou seja, o Parnaso.
9. Trata-se da igreja da Intercessão da Santíssima Virgem em Kolomna, cuja construção começou em 1798. Ficava na atual praça Turguêniev e foi demolida em 1936. Quando muito jovem, Púchkin morou bem perto desse local.

X

Passei por ali três dias atrás,
Com um amigo, quando a noite caía.
Em vez da casa, que lá não está mais,
Um prédio de três pisos se erguia.
A velha, a noiva e eu ainda um rapaz
Voltaram-me à lembrança: todo dia
A moça ficava sentada à janela.
Pensei: Estão vivas? Onde andam elas?

XI

Triste, olhei para o prédio com rancor.
Se um incêndio o varresse naquela hora,
As chamas bem me fariam um favor,
Minha revolta teria a desforra,
Se confortaria no seu calor.
Delírios sinistros, vida afora,
Nos vêm à mente quando estamos sós,
Ou com um amigo, e mais ninguém, só nós.

XII

Sorte de quem suas palavras controla,
Ao pensamento não dá longa trela
E esmaga a serpente que se enrola
No coração. Pois quem é tagarela,
Logo a fama da perfídia o assola...
Bebo a água do Letes[10] por cautela:
O doutor me proibiu a tristeza.
Paremos com isso, por gentileza!

10. Um dos rios do inferno da mitologia grega. Beber sua água trazia o esquecimento.

XIII

A velha (já vi cem rostos iguais
Nos quadros de Rembrandt) usava touca
E óculos. A filha, meiga demais,
De uma beleza que não era pouca:
Sobrancelha e olhos pretos fatais;
Branca era a pele e um mirtilo era a boca.
Tinha essa moça um gosto refinado,
Lia os livros de Emin[11] com cuidado.

XIV

Tocar violão também sabia,
E cantava: "Geme o pombo cinzento",[12]
"Devo ir?"[13] e outras tantas velharias
Que à noite, no inverno e no abafamento
Da lareira, ou no outono que entedia,
Junto ao samovar, ou num bosque ao vento,
Na primavera, cantam as mocinhas,
Musas russas tristes, nossas vizinhas.

XV

No modo figurado ou literal,
Desde o cocheiro ao primeiro poeta,
Nosso canto é triste, um gemer geral.
A canção russa, para estar completa,
Começa em festa e acaba em funeral.

11. Fiódor Aleksándrovitch Emin (1735-70). Autor de romances ligeiros, sentimentais, de aventuras e exotismo.
12. Canção de F. M. Dubiánski (1760-96), letra de I. I. Dmítriev (1760-1837).
13. Canção de Iúri Aleksándrovitch Neliédinski-Meliétski (1751--1828). O título completo é "Devo ir ao riacho?".

Nossas moças e musas tão diletas
Na lamúria inspiram sua harmonia:
Como adoram uma triste melodia!

XVI

Nossa jovem (seu nome era Paracha)
Sabia lavar, passar, costurar;
Com rigor, mantinha a despesa baixa,
Sozinha, controlava todo o lar.
Cozia em trigo-sarraceno a *kacha*[14]
(Tarefa em que vinha lhe ajudar
Fiokla, cozinheira velha de fato,
Pois já perdera a audição e o olfato).

XVII

Nesse tempo, a mãe tricotava meias,
Sentada à janela durante o dia.
De noite, na mesa, à luz da candeia,
No seu baralho, o futuro previa.
Entretanto, a filha tinha a vida cheia,
Na rua ou em casa, em tal correria,
Que atraía o olhar de qualquer rapaz
Que passasse (que mulher mais sagaz!).

XVIII

No inverno, cedo, fechavam as persianas,
Mas, no verão, tudo ficava aberto.
No céu, até tarde, a branca Diana[15]

14. Mingau de cereais tradicional.
15. Na mitologia romana, deusa da lua e da caça.

Olhava a moça na janela. (É certo:
Sem essa cena, um poeta se dana!)
Enquanto a mãe, com o lábio entreaberto,
Dormia e seu ronco alcançava a rua,
A filha, à janela, olhava para a lua.

XIX

Ouvia gatos miarem no escuro,
Sinal de algum encontro indiscreto,
O aviso de um vigia, o seguro
Bater das horas: tudo em volta quieto.
Em Kolomna, à noite, o silêncio é puro.
Às vezes, sombras formam um par secreto,
E o coração dela bate de um jeito
Que empurra o pano que aperta o seu peito.

XX

Domingo, no inverno ou no verão,
Mãe e filha iam à igreja rezar,
Na ala esquerda, à frente da multidão.
Mudei-me faz tempo desse lugar,
Mas uma cara e leal ilusão
Me faz, sonhando acordado, voltar
A Kolomna, à igreja, que me enfeitiça,
E ao domingo ouvir a russa missa.

XXI

A condessa... (eu juro, o nome esqueci)
Rica, jovem, com pompa e majestade,
Entrava na igreja e rezava ali,

Cheia de orgulho (em vez de piedade!).
Pecador, eu confesso, assim que a vi,
Só para ela eu olhei; horrível verdade.
Paracha, a pobre, à luz da linda nobre,
Parecia agora ainda mais pobre.

XXII

Às vezes, a condessa, com desdém,
Lançava à Paracha um olhar altivo.
A pobre rezava quieta e ninguém
A distraía por nenhum motivo:
Refletia a humildade e o amor também;
Já a condessa, em seu amor-próprio esquivo,
Adorava a própria beleza austera
E a magia da moda que impera.

XXIII

O mais frio ideal da vaidade:
É o que na condessa vocês veriam.
Mas por trás da soberba, na verdade,
Eu lia outra história: mágoas gemiam
Lamúrias humildes... Minha vontade
Era não olhar, mas ela me atraía...
Sem saber disso, a condessa legítima
Me incluiu na sua lista de vítimas.

XXIV

Embora linda, jovem, e sua vida,
Uma volúpia de luxo e fartura,
Embora a sorte lhe desse guarida

E a moda incensasse a sua figura,
Tinha a condessa a alma entristecida.
Cem vezes mais alegria e ventura
Tinha, leitor, a tua nova amiga,
A minha boa Paracha — eu que o diga!

XXV

No pente de chifre, a trança é serpente;
Nas orelhas, serpenteiam os cachos;
Na cabeça, um lenço preso na frente;
No pescoço, contas de preço baixo.
Roupas simples; porém era frequente
Guardas de bigode passarem embaixo
De sua janela; com arte rara,
Ela cativava sem roupas caras.

XXVI

Seu coração tinha algum predileto,
Ou ela a todos era indiferente?
Veremos abaixo. Com ar discreto,
Vivia tranquila e, em sua mente,
Paris, bailes, corte, esse mundo inquieto
Não existia (embora uma parente
Frequentasse a corte: Vera, sua prima,
Mulher de um conselheiro, ainda por cima).

XXVII

Mas uma tristeza abateu o seu lar:
Depois da *bánia*,[16] a velha cozinheira

16. Banho a vapor tradicional na Rússia, semelhante à sauna.

Adoeceu. Ela quis se curar
Com chá, vinagre e compressas caseiras
De hortelã. Mas nada pôde ajudar.
No Natal, à noite, a companheira
De Paracha morreu. E, no outro dia,
Baixaram seu caixão na terra fria.

XXVIII

Sentiram sua falta em casa e, talvez,
Mais que todos sofreu Vaska, o gato.
A viúva achou que dois dias ou três
Podiam passar sem ela, de fato.
"Paracha!", disse a velha: "É sua vez".
(Pois do céu não cai comida no prato.)
"O que é?" "Arranje uma cozinheira.
Peça à vizinha, se for barateira."

XXIX

"Certo, mamãe." Vestiu seu agasalho
E saiu. (Era inverno, e bem gelado.
Céu limpo, sem nuvens, nem um retalho;
Frio e azul o horizonte estrelado.)
Até tarde, lendo o futuro no baralho,
A mãe esperou, o olho já cansado.
Por fim dormiu. Quando chegou, Paracha
Disse: "Mãe, esta é a cozinheira. O que acha?".

XXX

De sainha curta e ar acanhado,
Uma jovem alta e até bonita

Entrou, saudou-a, e num canto ao lado
Sentou-se. Para mostrar-se expedita,
Logo escolheu um avental adequado.
"Quanto cobra?", perguntou a velha aflita.
"Pague quanto a senhora puder",
Disse com simplicidade a mulher.

XXXI

Logo a viúva gostou da resposta.
"Como se chama?" "Mavra." "Ah, querida,
Mavrucha, você é jovem, bem-disposta,
Fique com a gente. Fiokla, a falecida,
Ficou dez anos. Vai ver como gosta.
Mas nada de homens. Mantenha a vida,
Como ela, honesta. Não banque a tonta,
Cuide da casa e não erre nas contas."

XXXII

Passa um dia, dois, e a cozinheira
Faz tudo mal: se não queima a comida,
Deixa crua; as louças da prateleira
Joga ao chão; põe sal além da medida.
Por todo lado faz muita sujeira,
E nada diz, quando repreendida.
Na agulha não sabe enfiar a linha.
No fim, Paracha faz tudo sozinha.

XXXIII

Mãe e filha, domingo de manhã,
Foram à missa sem a cozinheira:
Muito abatida, em seu duro afã,

Sofrera dor de dente a noite inteira.
Tinha de assar a torta de maçã,
Moer canela e passar na peneira.
Pediu para não ir. Na igreja, no entanto,
Pensou de repente a velha com espanto:

XXXIV

"Ora! Em nossa Mavra, tão prendada,
De onde veio esse interesse na torta?
Ai, ai, ai, parece que é uma cilada!
Quer nos roubar, só isso lhe importa,
E depois fugir, nos deixar sem nada!
Sem roupas novas, o que nos conforta?"
Tomou-a um assombro, assim que o pensou.
Por fim, não resistiu mais e falou:

XXXV

"Fique aqui, Paracha. Estou preocupada.
Vou lá em casa." A filha nem desconfia
Do que se trata. A velha voa pela escada,
Sai pela rua em cega correria.
De susto, o coração dá marteladas.
Já em casa, na cozinha ela espia:
Não vê Mavra. E vai pelo corredor
Até o quarto e então... Meu Deus! Que horror!

XXXVI

Diante do espelho de Paracha, atenta,
A cozinheira faz a barba. "Ai! Ai!",
Desmaia a velha: o choque não aguenta.
Com sabão no rosto, a outra se vai,

Pula por sobre a velha, que a afugenta
(Mas que desrespeito!). Cobrindo a cara,
Corre à varanda e, na rua, dispara.[17]

XXVII

Finda a missa, Paracha volta e diz:
"O que há, mamãe?". "Ah, minha querida!
A Mavra..." "O que foi?" "Que sorte infeliz!
Mal tenho forças, de tão abatida...
No espelho... ensaboada... por um triz!"
"Não entendo nada, mamãe. Puxa vida!
Cadê a Mavra?" "Ah, ela é um bandido!
Fazia a barba, igual meu falecido!"

XXXVIII

Se Paracha ficou ruborizada,
Não garanto. Mavra, porém, sumiu
Sem deixar rastros e sem levar nada.
Até do salário ela desistiu.
A velha, assim, não foi prejudicada.
E o lugar de Mavra, quem assumiu?
A moça ou a viúva? Não sei, confesso.
Este é o fim. Meu relato aqui eu cesso.

XXXIX

"Como assim? Está brincando!" "Juro, é sério."
"Suas oitavas só nos deram isso?

17. No original de Púchkin, esta estrofe só apresenta sete versos, em vez de oito, como deveria.

Depois de tanto barulho e mistério,
De chamar tropas e fazer rebuliço?
Bela estrada abriu em tão grande império!
Não tinha um tema com mais compromisso?
Não se extrai ao menos uma moral?"
"Não... Sim. Calma, ainda tem o final.

XL

Eis a moral: na minha opinião,
Cozinheira de graça é arriscado;
Ainda mais sendo um homem que, em vão,
Veste saia e fica sempre calado.
Cedo ou tarde virá a ocasião
De fazer a barba, algo inadequado
À natureza das damas... E pronto:
Mais nada vão extrair do meu conto."

# Conde Núlin

Tocam as trombetas: é hora, é hora!
Paramentados em suas selas,
Os mestres de caça, à luz da aurora,
Contêm os borzóis[1] presos às trelas.
Atento, o *bárin*[2] sai à varanda,
Tudo observa, com mãos na cintura.
Satisfeito, seu rosto se abranda
E brilha, à espera da aventura.
Ele veste um traje de cossaco,
Uma faca turca na cintura,
Frasco de rum dentro do casaco,
Numa corrente, um chifre de caça.
Os latidos e toda a arruaça
Fazem a esposa olhar da janela.
De xale e touca, o rosto revela
No olhar sonolento alguma afronta...
Levam um cavalo para o marido:
Mão na crina, pé no estribo — monta.
"Não me espere!", grita e sai batido,
Aos olhos da esposa ainda tonta.

1. Cão de caça russo, semelhante ao galgo.
2. Usado para se referir ao nobre senhor de terras.

Quando setembro chega ao fim
(Falando em reles prosa chinfrim),
Viver no campo é chato: só lama,
Ventania, chuva, neve fina,
Uivo de lobos. Mas é o que ama
O caçador! Ele desatina:
A galope, se mete no mato,
Salta barrancos, na sela empina,
Dorme sujo e sente-se grato:
De manhã vai correr na campina.

E a dama, o que faz sem seu querido,
Sozinha na ausência do marido?
Muito trabalho, pouco descanso:
Cuidar do almoço, tratar dos gansos,
Cuidar da janta, espiar a adega
E o celeiro, ou salgar cogumelos.
A boa patroa não sossega:
Aponta erros graves ou singelos.

Infelizmente nossa heroína...
(Ah, eu nem disse como se chama!
O marido só a denomina
De Natacha, mas nós a tal dama
Natália Pávlovna chamaremos.)
Infelizmente sua ignorância
Da própria fazenda ia a extremos,
Pois foi educada em discordância
Da tradição e da lei paterna:
Cursou a escola de uma francesa,
Falbalá, requintada e moderna,
Destinada a moças da nobreza.

Sentada à janela — é seu costume —,
Tem à sua frente o quarto volume
De um romance sentimental:
*O amor de Elisa e Armand* (que tal?),

*Ou as cartas de duas famílias* —[3]
Romance clássico para as filhas,
Obra moral, velha e comprida,
A história se estica toda a vida,
Sem as românticas maravilhas.

Natália Pávlovna lia atenta,
Mas logo uma briga barulhenta
Diante da janela a distraiu:
Um cachorro e um bode enfezado
Deram vazão ao ânimo hostil.
Natália pôs o livro de lado.
Meninos riem e alguns perus
Ao pé da janela, afobados,
Entre gritos tristes e glu-glus,
Correm atrás de um galo molhado.
Três patos pateiam numa poça,
Com roupas na mão corre uma moça
Para pendurá-las num varal.
Vai piorando o tempo outonal,
Já se pressente no ar a neve...
Soam, então, campainhas de leve.[4]

Quem viveu em fazendas maçantes
Bem sabe, amigos, que emoção
Um som de campainha distante
Faz vibrar em nosso coração.
Será um velho amigo sumido
Desde os jovens dias perfeitos?
Ou, meu Deus, será *ela*?... Duvido!
Quanto mais perto, mais treme o peito...
O som cresce, chega e passa...
Some na ladeira e na fumaça.

3. Título inventado por Púchkin.
4. Era costume pendurar campainhas nas carruagens.

Natália Pávlovna ao som se agita,
Corre à varanda, alegre e aflita.
Vê que no rio, na outra margem,
No moinho, vem uma carruagem.
Chega à ponte e então... Nada feito:
Vira à esquerda e segue viagem.
Lágrimas quase sobem do peito.

Mas de repente... Ah! Que alegria!
O coche tomba com um forte tranco.
"Filka, Vaska! Corram ao barranco!
Virou um coche quando corria.
Tragam o *bárin* aqui para almoçar!
Será que está vivo?... Vão olhar!
Depressa!"
Um criado sai na carreira.
Natália Pávlovna puxa a cadeira,
Arruma os cachos da cabeleira,
Ajeita o xale, fecha a cortina.
"Que demora!" Mas a espera termina.
Lá vêm eles, enfim, na ladeira.
A carruagem, pobre coitada,
Toda suja com a lama da estrada,
Se arrasta a custo com a bagagem.
O jovem *bárin*, atrás, vem mancando,
O criado diz, de vez em quando,
Pois não desanima: "*Allons, courage!*".[5]
Chegam à varanda, entram na sala.
Enquanto o *bárin* é conduzido
Para repousar em outra ala
E pela porta é logo seguido
Por Picard, seu ativo criado,
E o *bárin* veste um traje adequado,
Posso dizer quem é o forasteiro?

5. Francês: "Vamos, coragem!".

Conde Núlin, vindo do estrangeiro,
Onde esbanjou, em moda e aventuras,
Suas rendas presentes e futuras.
Agora ele ruma à capital
Como quem leva um estranho animal
Para exibir: são fraques, coletes,
Chapéus, leques, capas e corpetes,
Botões, punhos, lornhões e alfinetes,
Um livro novo de Walter Scott,[6]
Um de Guizot,[7] que ninguém atura,
*Bons-mots*[8] de Paris e um caixote
Das mais picantes caricaturas,
As novas canções de Béranger,[9]
Motivos de Rossini e Paër...[10]
Segue a lista por aí afora.

A mesa está pronta: é mais que hora;
A dama aguarda impaciente.
Abrem a porta e o conde se adianta.
Natália Pávlovna se levanta.
Sincera, indaga cordialmente
Se está ferida a perna do conde.
"Não é nada demais", ele responde.
Vão para a mesa e, quando ele senta,
Dela aproxima um pouco seu prato.
Põe-se a conversar de imediato:
"Como a Santa Rússia alguém aguenta,
Com esse frio e as neves hostis?

6. Walter Scott (1771-1832), romancista escocês.
7. François Pierre Guizot (1787-1874), político e historiador francês.
8. Francês: "ditos espirituosos".
9. Pierre-Jean de Béranger (1780-1857), compositor francês.
10. Gioachino Rossini (1792-1868) e Ferdinando Paër (1771--1839), compositores italianos.

Que saudades sinto de Paris".
"Como anda o teatro?" "Ah! Dá até pena!
*C'est bien mauvais, ça fait pitié.*[11]
Talma[12] está surdo, se perde em cena.
Mars,[13] coitada, a velhice a condena.
Em compensação, *le grand Potier*![14]
Só ele hoje ainda mantém
A antiga glória entre o povo."
"Que escritores andam em moda? Quem?"
"Lamartine e D'Arlincourt[15] de novo."
"Aqui eles já são imitados."
"É mesmo? Então nossa inteligência
Não respira um ar tão atrasado.
Que falta faz a luz da ciência!"
"E nas roupas, como anda a cintura?"
"Muito baixa... aqui, nesta altura.
Mas deixe-me olhar o seu penteado.
Certo... Fitas, raminhos, babados.
Essa é a moda que ainda dura."
"Do *Tielegraf*[16] somos assinantes."
"Ah! Senhora! Não quer que eu cante
Um vaudeville que é uma belezura?"
E ele canta. "Vamos, conde, jante."
"Obrigado. Já comi bastante."

11. Francês: "Está bem ruim, dá pena".
12. François-Joseph Talma (1763-1826), ator francês.
13. Mademoiselle Mars (1779-1847), nome artístico de Anne-Françoise-Hyppolyte Boutet, comediante francesa.
14. Charles-Gabriel Potier (1774-1838), ator francês.
15. Alphonse de Lamartine (1790-1869), poeta francês. Charles-Victor Prévost d'Arlincourt (1788-1856), poeta e dramaturgo francês.
16. Trata-se da revista *Moskóvski Tielegraf*, fundada no ano em que Púchkin escreveu "Conde Núlin".

Deixam a mesa. A jovem anfitriã
É de uma alegria viva e sã.
O conde se admira: Mas que graça!
Paris parece virar fumaça.
Eles nem notam: a noite voa.
Nosso conde está fora de si.
O olhar de Natália ora ecoa
Afeição, ora se fecha em si...
De repente, a meia-noite soa.
Já ronca o criado em seu cantinho,
Já canta o galo do vizinho,
O alerta do vigia os espanta,[17]
O fim da luz das velas não tarda.
Natália Pávlovna se levanta:
"Já é tarde! As camas nos aguardam.
Bom sono!". O conde, contrariado,
Mas meigo e já meio apaixonado,
Levanta e beija a sua mão.
E agora? O flerte vai até onde?
Ela, ousada — Deus, dê seu perdão! —,
Aperta de leve a mão do conde.

Natália Pávlovna está despida,
Só com Paracha à sua frente.
Das fantasias de sua vida,
Essa Paracha é a confidente.
Costura, lava, leva recados,
Pede a ela casacos surrados.
Com o *bárin*, às vezes, brinca e graceja
E outras vezes se irrita e esbraveja.
Mente para a patroa à vontade,
Mas fala agora com seriedade
Sobre a vida e os negócios do conde.

17. Na região rural, era costume o vigia noturno bater numa placa de metal ou soar uma matraca a intervalos regulares.

Sabe tudo e dela nada esconde.
Deus sabe como está informada
De tanta coisa. A patroa, enfim,
Diz: "Chega, estou farta e cansada!".
Pede o robe e a touca de cetim.
Deita e manda embora a criada.

Já em seu quarto, com seu francês,[18]
Despe-se o conde por sua vez.
Quando se deita, pede um charuto.
Monsieur Picard lhe traz num minuto:
Jarra de água, copo de prata,
Um castiçal com bronze na cor,
Pinças, charuto, despertador
E um romance com folhas intactas.

Já na cama, seus olhos percorrem
Linhas puladas de Walter Scott,
Pois outra distração bem mais forte,
Uma estranha ideia que lhe ocorre,
O perturba; está desconfiado:
"Será que eu fiquei apaixonado?
Que engraçado... Eu nem acredito...
No entanto seria até bonito.
E parece que eu agrado a ela".
Depois, com um sopro, apaga a vela.

Pegar no sono ele não consegue.
Queima por dentro — o diabo o persegue,
Atiça sonhos pecaminosos.
À luz de sentimentos fogosos,
Pinta nosso herói um quadro vivo
Da anfitriã: o olhar expressivo,
Formas fornidas, redonda imagem,

18. Refere-se ao criado Picard.

Voz bem feminina, em tom cantado,
Rubor rural no rosto rosado,
Mais belo que qualquer maquiagem.

Lembra a ponta dos doces pezinhos.
Lembra: foi assim, bem desse jeito,
Que a mão dela apertou, de mansinho,
A mão dele. Que tolo! Bem feito:
Devia ter captado o sinal,
Ficar com ela até o final.
Mas dá tempo ainda, e é certo
Que o trinco da porta está aberto.
Logo lança aos ombros o roupão
De seda estampado, e a cadeira,
Na sua pressa, derruba no chão.
Disposto a tudo, sai na carreira
Rumo ao doce prêmio, no fascínio
Dessa Lucrécia, o novo Tarquínio.[19]

Assim o gato de estimação
Da criada, dengoso e esperto,
Sorrateiro, cada vez mais perto,
Caça o rato, atrás do fogão.
Olhos entrecerrados, se enrola,
Mexe o rabo, parece uma bola.
As garras astutas arreganha
E, de um salto, a vítima apanha.

19. O estupro da nobre Lucrécia por Sexto Tarquínio, filho do rei Tarquínio, o Soberbo, é o motivo lendário da rebelião que pôs fim à monarquia e instaurou a república de Roma (509 a.C.). O mito foi consagrado pelo historiador romano Tito Lívio (59 a.C. -17 d.C.) e, muito posteriormente, em 1594, por um poema de Shakespeare intitulado "The Rape of Lucrece" (O estupro de Lucrécia).

Vaga o nosso conde apaixonado,
Tateando o escuro com cuidado.
A chama do desejo o constrange,
Mal respira, quase sufocado.
Treme se, sob os pés, o chão range...
Assim, pouco a pouco, se aproxima
E a cobiçada porta descobre.
Mal toca a maçaneta de cobre,
A porta cede. O silêncio o anima.
A luz do lampião mal tremula,
Tinge o quarto de sombra fugaz,
Onde a anfitriã dorme em paz,
Ou ela o sono apenas simula.

Ele entra, hesita, recua, pensa —
De súbito, cai aos pés da cama...
Ela... Agora, com a sua licença,
Peço-lhes, petersburguesas damas,
Que imaginem a comoção imensa
De Natália Pávlovna e me digam:
Como deve agir nossa amiga?

Com os grandes olhos arregalados,
Mira o conde, que nela despeja
Sentimentos de fora, importados,
E com a mão atrevida deseja
Mover o lençol com um leve toque...
Paralisada com um estranho choque,
Logo, no entanto, ela se refaz.
Com a raiva e o orgulho de que é capaz,
E talvez com medo — por que não? —,
Contra o Tarquínio ela ergue a mão
E uma bofetada, sim, dispara,
Sim, sim, um tapa, e bem na cara!

Vermelho de vergonha, o conde
A custo engole tamanha ofensa.
Ardendo em despeito, nem sei onde
Iria parar sua fúria imensa.
Mas late o cãozinho da senhora
E acorda Paracha logo agora.
Núlin ouve os passos da criada,
Maldiz a casa onde foi dormir
E os caprichos da bela obstinada,
Antes de, em pressa infame, fugir.

Como ele, a anfitriã e Paracha
Passam o tempo da noite que resta?
Imaginem vocês: o que acham?
Não lhes direi, damas honestas.

O conde acorda bem taciturno,
Moroso, veste os trajes diurnos,
Com torpor lixa as unhas rosadas,
Bocejando, as pontas arremata,
Sem esmero dá o nó na gravata,
Se esquece de com a escova molhada
Alisar as mechas aparadas.
Mas em que ele pensa? Sei lá.
Sei que agora o chamam para o chá.
Que fazer? O constrangido conde
Derrota, raiva e vergonha esconde,
E vai.
A jovem ousada e arisca,
Baixando seu olhar zombeteiro,
Enquanto os lábios rubros mordisca,
Conduz a conversa em tom ligeiro.
No início, o conde está acanhado;
Mas pouco a pouco fica animado,
Reage com um sorriso cortês.
Menos de meia hora se passa,

E ele já brinca, gentil e com graça —
Está quase apaixonado outra vez.
De repente, um barulho. Entra alguém.
"Bom dia, Natacha. Tudo bem?"
"Ah, meu Deus! Conde, este é meu marido.
E este é o conde Núlin, meu querido."
"Muito prazer... Mas que tempo feio!
Vi no ferreiro a sua carruagem.
Já está prontinha para a viagem.
Natacha! Na horta, bem no meio,
Pegamos uma lebre em flagrante...
Ei, vodca! Conde, tem de provar:
Veio para nós de um lugar distante.
O senhor não fica para almoçar?"
"Tenho pressa. Talvez outro dia."
"Não, conde, eu lhe peço, dê um jeito.
Nós dois gostamos de companhia."
Mas, por força de vergonha e despeito,
E com toda esperança enterrada,
O triste conde não cede a nada.
Depois de um copo que o revigora,
Picard arrasta a mala para fora.
O baú, dois criados confusos
Prendem ao coche com parafusos.
Trazem ao pátio a carruagem,
Logo Picard tudo arruma e assim
O conde se vai... Com essa imagem
Meu conto poderia ter fim.
Mas duas palavras acrescento:

Quando se foi o coche azarento,
A esposa contou tudo ao marido
E espalhou por toda a vizinhança
O mau passo do conde atrevido.
Mas quem, mais que todos, não se cansa
De rir com Natália dessa história?

Não adivinham? Quem? O marido?
Ah, não! Deem a mão à palmatória.
O pobre ficou até ofendido,
Chamou Núlin de besta e palhaço,
Jurou que, se ele entrasse um só passo
Na sua terra, o faria sofrer:
Seus cães o poriam para correr.
Um vizinho é que riu à vontade:
Lídin, vinte e três anos de idade.

Já podemos afirmar, portanto,
Que, hoje em dia, uma esposa fiel,
E disso é testemunha o Céu,
Não é nenhum milagre ou espanto.

# Os ciganos

Um bando animado de ciganos
Vaga pela Bessarábia[1] errante
E, à noite, tendas de pobres panos
Se erguem junto ao rio ondulante.
O sono sereno a céu aberto
Reflete alegria e liberdade.
Entre carroções meio cobertos
Por tapetes, queima à vontade
A fogueira onde preparam a janta;
Pastam cavalos pela campina;
Atrás da tenda, a ninguém espanta
Um urso solto que ali se reclina.
Preparam-se agora para a partida
Cedo, amanhã. Tudo ganha vida:
Famílias se ocupam com a bagagem,
Cantam as esposas entretidas,
Batem na bigorna as ferragens.
Enfim, no errante acampamento,
Baixa o sono, cessa o alarido;
Na estepe, há um silêncio sonolento
Entre alguns relinchos e latidos.
Fogueiras são todas apagadas.

1. Região histórica que abrange a atual Moldávia e a faixa da Romênia que lhe faz fronteira.

Tudo calmo. A lua cristalina
Reluz nas alturas azuladas
E o acampamento mudo ilumina.
Numa tenda um velho está desperto;
Sentado, com os carvões bem perto,
Se aquece ao seu último calor.
Olha ao longe, vê o campo incerto,
Na noite de névoa e vapor.
A filha, mocinha habituada
A viver livre e cheia de brio,
Foi passear no campo vazio.
Vai voltar, mas já é madrugada,
Logo a lua vai sumir no rio,
Há nuvens e em breve a chuva cai.
Zemfira não vem. Já está frio
O pobre jantar do velho pai.
Mas da estepe, enfim, volta Zemfira.
Um desconhecido vem atrás,
E anda depressa. Ela se vira
Para o pai e diz: "Trago este rapaz
Para ficar com a gente. Eu o achei
Perdido no ermo da campina
Atrás de uma pequena colina.
Ele é perseguido pela lei,
Também quer, como nós, ser cigano.
Eu vou ser a sua companheira.
Seu nome é Aleko e o seu plano
É andar comigo a terra inteira".

VELHO
Bem-vindo. Abrigue-se em nossa tenda
Hoje ou, caso a vontade se estenda,
Fique o tempo que desejar.
Será recebido como irmão,
Compartilhe meu sangue e meu pão.
Mas precisa se acostumar

Com nossa sina de liberdade,
Pobreza errante, sem lar, sem grade.
E amanhã cedo, num carroção,
Partiremos. Escolha um trabalho,
Cantar, bater ferro com o malho,
Treinar o urso para exibição.

ALEKO
Eu vou ficar.

ZEMFIRA
Ele vai ser meu.
Quem irá arrancá-lo de mim?
Mas a lua crescente desceu,
O campo escuro está como um breu,
E o sono me domina, por fim...

*

De manhã, o velho chama a filha,
Junto à tenda, do lado de fora.
"Acorde, Zemfira! O sol já brilha.
De pé, meu hóspede! Já é hora!...
Filhos, deixem o leito do amor!..."
O povo levanta e se alvoroça,
Desmontam as tendas e, num clamor,
Põem-se logo em marcha as carroças.
Todos juntos avançam e o bando
Se espalha nas campinas desertas.
Em cestos que os burros vão levando,
Se divertem crianças espertas.
Moças, irmãos, esposas, maridos,
Jovens e velhos seguem contentes.
Refrãos ciganos, canto, alarido,
Ruge o urso e tilinta a corrente
Num brusco e nervoso estalido.

Pobres andrajos bem coloridos,
Crianças e velhos quase nus,
Gaitas de foles, uivos, latidos,
Range a carroça que um cão conduz.
Tudo em desordem, pobre e precário,
Mas tudo forma um vivo cenário.
Nossa vida, em contraste, produz,
Com seu luxo, um amargo travo:
Maçante como um canto de escravo.

*

O jovem olha com desalento
Para o campo ermo e sem cultivo.
Não ousa confessar o motivo
Secreto de todo seu tormento.
A liberdade ele, enfim, respira;
De olhos negros, perto, vai Zemfira.
Brilha o sol alto no céu aberto
Toda a beleza do meio-dia.
No seu coração, que agonia
O faz pulsar num passo incerto?

*Desconhece o passarinho*
*Trabalho ou aflição;*
*Não tenta fazer um ninho*
*Que dure mais que a estação.*
*Num galho, à noite, adormece.*
*Quando o rubro sol levanta*
*E a voz de Deus o aquece,*
*Ele se sacode e canta.*
*Vai-se a bela primavera,*
*Chega o tórrido verão;*
*Tardio, o outono já espera*
*Com mau tempo e cerração,*
*E entristece toda a gente.*

*Vai para longe o passarinho,*
*Busca o mar e terra quente,*
*Primavera e um novo ninho.*

Como um pássaro que não tem lar,
Também Aleko vive a vagar,
Sem ninho ou terra que seja sua
E no mundo a nada se habitua.
Para ele, todo chão é uma estrada;
Para pernoitar, serve qualquer canto.
Quando acorda, ele entrega, no entanto,
A Deus e à sorte a nova jornada.
Sua vida não se abala com nada,
Cobre o peito o torpor como um manto.
A estrela da glória distante
O encantava, às vezes, com magia.
Luxos e prazeres, por instantes,
De súbito até o surpreendiam.
Um trovão, não raro, ressoava
Sobre a cabeça solitária;
E ele ao sol e à chuva cochilava,
Alheio à tormenta temerária.
Rebelde, ele ignora a autoridade
Do destino cego e traiçoeiro,
E brincam as paixões à vontade,
No seu peito dócil e ligeiro.
Deus! Como fervem os sentimentos
Nesse coração atribulado!
Mudos vão ficar por muito tempo?
Não. Você verá o resultado!

*

ZEMFIRA
Você abandonou tudo, meu caro.
Diga: acaso não sente saudade?

ALEKO
Mas o que abandonei?

ZEMFIRA
Ora, é claro!
Sua terra, sua gente, a cidade.

ALEKO
Saudade, eu? Se você soubesse,
Ou se imaginar você pudesse...
A cidade é prisão sufocante!
Gente, em bando, vive atrás de muros.
Não respiram de manhã o ar puro,
Ou da relva o aroma refrescante.
Envergonham-se do próprio amor,
Compram e vendem a liberdade,
Adoram ídolos com fervor,
Temem o que pensam de verdade.
O que eu abandonei? Traições,
Preconceitos que você nem sonha,
A insana opressão das multidões
E toda a ostentação da vergonha.

ZEMFIRA
Mas e as festas e as honras da fama,
Palácios, tapetes coloridos,
Mansões, banquetes e os vestidos
Tão luxuosos que usam as damas!...

ALEKO
Mas onde há alegrias na cidade?
Sem amor não há felicidade.
E as damas... Você nem se compara:
Mesmo sem joias ou roupas caras,
Mais perfeita é a sua beldade!
Não mude, minha meiga amiga!

Dividir meu amor solitário
Com você é o sonho que abriga
Este meu exílio voluntário!

VELHO
Você é como se um de nós fosse.
Gosta de nós e vem da nobreza.
Mas viver livre nem sempre é doce
Para quem já provou da riqueza.
Entre nós contam que no passado,
Por ordem de um rei, veio para aqui,
Oriundo do sul, um deportado.[2]
(Eu sabia até, mas esqueci
Seu nome esquisito e complicado.)
Embora já velho na idade,
Era jovem na alma e no trato,
Tinha o dom do canto e a suavidade
Da voz como o rumor de um regato.
Era por toda gente adorado,
Nas margens do Danúbio vivia,
Sem a ninguém causar desagrado,
Encantando com a sua poesia.
Tímido e frágil qual uma criança,
Da vida ele não sabia nada.
Vinha de estranhos da vizinhança
Sua comida, por eles pescada.
Quando gelava o rápido rio
E rodopiavam os ventos do inverno,
Com a lã de um agasalho fraterno
Guardavam o santo velho do frio.
Porém às agruras da pobreza
Ele não podia se adaptar.

2. Trata-se do poeta romano Ovídio (43 a.C.-18 d.C.), desterrado por ordem do imperador de Roma para uma região às margens do mar Negro.

Pálido, fraco, entregue ao azar,
Dizia que um deus de ira e crueza
O punira por algum insulto...
E aguardava, quem sabe, um indulto.
No Danúbio, olhando as margens largas,
Sempre o infeliz sentia saudade.
Derramava lágrimas amargas,
Recordando a distante cidade.
Ao morrer, sua última vontade
Foi fazerem para o sul o traslado
De seus tristes ossos forasteiros,
Que até na morte, em solo estrangeiro,
Eram hóspedes incomodados!

ALEKO
De teus filhos este é o destino,
Ó, Roma, poderoso império!...
Cantor do amor, ó cantor divino:
O que é a glória? Diga-me, a sério.
Clamor fúnebre, louvor que passa,
Eco que se apaga ano a ano,
Ou um selvagem conto cigano
Numa tenda cheia de fumaça?

*

E o bando vaga, assim, por dois anos,
Sem rumo, em paz e tranquilidade.
Como antes, encontram os ciganos,
Em toda parte, hospitalidade.
Descrente da civilização,
Aleko é livre como o seu bando;
Sem remorso ou inquietação,
Seus dias errantes vão passando.
Sempre com a mesma família amiga,
Já nem recorda a existência antiga.

Adaptado à vida cigana,
Adora o sono em tendas precárias,
O enlevo da preguiça diária
E a língua deles, pobre e profana.
O urso, fugitivo da floresta,
Peludo hóspede desse bando,
Ruge e dança com a força que resta,
A triste corrente tilintando.
Diante de moldavos assustados,
Nas aldeias à beira da estrada,
Erguem poeira as patas pesadas.
O velho se apoia num cajado
E bate fraco no seu pandeiro.
O canto de Aleko guia o urso
Enquanto Zemfira, em seu percurso,
Colhe dos aldeões o dinheiro.
É noite: Aleko, o velho e Zemfira
Cozinham o milho bruto na espiga.
Dorme o velho — de leve respira…
A tenda escura o silêncio abriga.

*

À luz do sol o velho aquece
Seu sangue, que já flui sem calor.
Junto a um berço, a filha canta o amor.
Aleko a escuta e empalidece.

ZEMFIRA

*Homem velho, marido mau,*
*Me queime ou enfie o punhal;*
*Sou dura, não tenho receio*
*De faca, fogo ou homem feio.*

*Desprezo e ódio é o que sinto*
*Por você. Juro, eu não minto:*

*Amo um outro. Não temo a dor*
*Se, ao morrer, morro de amor.*

ALEKO
Pare. Essa música me irrita.
Não gosto de canções violentas.

ZEMFIRA
Que me importa? Acho que ela é bonita.
Canto para mim. Se não gosta, aguenta.

*Homem velho, marido mau,*
*Me queime ou enfie o punhal.*
*Não vou contar para você*
*Quem ele é. Não vai saber.*

*É mais fresco que a primavera,*
*É mais quente que o verão;*
*Jovem e audaz como uma fera,*
*Me ama com fúria e paixão!*

*Para ele dou tanto carinho,*
*À noite, no frescor do orvalho!*
*Como rimos nós dois, sozinhos,*
*Desses seus cabelos grisalhos!*

ALEKO
Chega! Já estou farto, é maldade...

ZEMFIRA
Mas você conseguiu entender?

ALEKO
Zemfira!

ZEMFIRA

Zangue-se à vontade:
Minha canção é sobre você!

*Sai, cantando: "Homem velho, marido mau" etc.*

VELHO

Eu me lembro bem dessa canção,
Do tempo em que eu tinha pouca idade.
Já divertiu uma geração
E agora alegra a mocidade.
No passado, em frente à fogueira,
Na estepe do Kagul,[3] já a cantava
Mariula, minha companheira,
E a filha nos braços embalava.
Passam os anos e, hora a hora,
Minha mente mais fica escura.
Mas tão fundo a guardei na memória
Que até hoje a canção perdura.

*

Noite. Silêncio. O horizonte ao sul
Reflete do céu a lua azul.
Zemfira acorda o pai, aflita:
"Ah, meu pai, Aleko me dá medo.
Nem no sono fundo tem sossego:
Soluça, geme, e a voz é esquisita".

VELHO

Não mexa com ele, fique quieta.
Há na Rússia uma crença secreta:
À meia-noite, um diabo sufoca
Quem dorme fundo, e os sonhos afeta.

3. Região da Moldávia.

Só com o sol ele volta para a toca.
Mas me diga: o que Aleko invoca?

ZEMFIRA
Meu pai! Ele sussurra: "Zemfira!".

VELHO
Mesmo em sonho, é você que ele quer:
Zemfira é o ar que ele respira.

ZEMFIRA
Mas tal amor só oprime a mulher.
Não aguento: eu quero liberdade.
Eu... Espere! Você ouviu?
Disse ele outro nome, na verdade...

VELHO
Que nome?

ZEMFIRA
Um gemido rouco. Psiu!
Ouça! É um bufo de fera... me espanta!...
Vou acordá-lo...

VELHO
Não adianta.
O tal diabo ninguém enxota:
Só sai quando chega a sua hora...

ZEMFIRA
Ele acordou... se vira e nota
Que eu não estou... me chama. E agora?
Vou até ele. Durma, meu pai.

*

ALEKO
Onde estava?

ZEMFIRA
Com o pai, ali fora.
Durante o sono, um diabo cai
Em você e sua mente apavora.
Quando dorme, você me dá medo.
Chama o meu nome, range os dentes...

ALEKO
Sonhei com você, não há segredo:
Entre nós, se deu um incidente,
Eu acho... Mas que sonho maldito!

ZEMFIRA
Não creia nas invenções da mente.

ALEKO
Não, em mais nada eu acredito.
Sonhos, doces juras, devaneios...
Nem mais no seu coração eu creio.

*

VELHO
Jovem louco, por que a tristeza
Ergue em você suspiros aflitos?
Somos livres, o céu, infinito,
E as moças, celebrada beleza.
Pare: a mágoa será sua ruína.

ALEKO
Pai, ela não me ama. É minha sina.

VELHO
Veja, ela é criança, leviana.
Você ama com rancor e fogo,
E o coração da mulher é jogo.
Sua tristeza aqui é insana.
Olhe: no vasto arco celeste
Passeia a lua livre e derrama
Em toda a superfície terrestre
Seu brilho, e dela ninguém reclama.
Numa nuvem qualquer passa a lua
E a ilumina com esplendor.
Logo vai para outra e continua,
De nuvem em nuvem, sem rancor.
Quem dirá: lua, não ande, não;
Fique parada no imenso céu?
Quem dirá a um jovem coração
De mulher: ame um só, seja fiel?
Não se ofenda.

ALEKO
Como ela me amava!
Que carinhos vinham de seus braços
Nos campos ermos, entre abraços,
Enquanto a madrugada passava!
Repleta de alegria infantil,
Quantas vezes, com um meigo gracejo
Ou com o arrebatamento de um beijo,
Dissipou minha angústia febril!...
E agora? Zemfira me trai!
E é tão fria comigo, meu pai!...

VELHO
Há muito tempo, quando Moscou
Ao Danúbio ainda não chegara
(Na memória, ainda não se apagou
Essa dor antiga que não para),

Nosso temor era o sultão,
Reinava em Budjak um paxá,
Nas altas torres de Akkerman.[4]
Jovem, com o sangue a borbulhar,
Nesse tempo eu só tinha alegria;
Nem um fio grisalho nos cachos
De leve a cabeça tingia.
Brilhava uma jovem como um facho,
Um raio de sol entre as demais.
Eu a adorava e meu sonho ardente
De unir-me a ela cumpriu-se em paz.
Como um raio ou estrela cadente,
Minha mocidade se apagou!
E mais depressa ainda passou
Nosso tempo do amor: só um ano
Durou, por mim, o amor de Mariula.
Um dia, outro bando cigano,
Em Kagul, onde um lago ondula,
Montou suas tendas junto às nossas.
Por duas noites, entre as carroças
Dormimos: nós, cavalos e mulas.
Na terceira noite, foram embora.
Com eles Mariula, antes da aurora,
Partiu largando a filha pequena.
Quando a manhã raiou amena,
Acordei e não vi minha amiga.
Chamo, procuro e não há quem diga
Onde ela está. Chora Zemfira,
Choro eu também e, desde essa data,
Toda jovem que meu olhar mira
Causa um desgosto que me arrebata.

4. Refere-se ao tempo em que a região histórica da Bessarábia esteve sob o domínio do Império Otomano (1484-1812). Budjak e Akkerman são nomes históricos de localidades situadas na atual região de Odessa, na Ucrânia.

Com ninguém dividi, desde então,
Meu lazer e minha solidão.

ALEKO
Então você não foi no encalço
Da ingrata e do bando desleal,
Para vingar-se do coração falso
E enterrar no seu peito o punhal?

VELHO
Para quê? Mais livres que um passarinho
Voam o amor e a mocidade.
Só uma vez vem a felicidade,
E depois nos larga pelo caminho.

ALEKO
Não sou assim. Pelo que é meu, luto,
Mato! Minha alma não é mansa,
E eu desfruto a sedenta vingança!
Se o meu rival dorme em seu reduto,
No alto de um penhasco sobre o mar,
E eu o encontro ali, por que perdoar?
Com um chute, às ferozes espumas
Lançaria, sem piedade alguma,
Esse maldito, mesmo indefeso.
Seu horror será a minha alegria.
No mar surdo, o baque do seu peso
Será minha doce companhia.

*

JOVEM CIGANO
Mais um só… mais um beijo, querida…

ZEMFIRA
É hora. Meu marido é ciumento.

JOVEM CIGANO
Só um... mais longo!... De despedida.

ZEMFIRA
Não. Ele volta a qualquer momento.

JOVEM CIGANO
Vamos nos ver quando, às escondidas?

ZEMFIRA
Mais tarde, quando a lua subir.
Na colina, junto à sepultura...

JOVEM CIGANO
Está só me enganando. Não quer ir.

ZEMFIRA
Fuja! É ele!... Irei: promessa é jura!

*

Dorme Aleko e em seu louco sonho
A perturbação chega ao cume.
No escuro acorda. Um grito medonho
Solta e o braço estende com ciúme.
Vacilante a mão, porém, só apanha
Na coberta um vazio volume:
Zemfira se foi e ele estranha...
Ergue a cabeça e escuta atento:
Silêncio... Cresce um temor violento;
Calor e frio correm nas veias.
Sai da tenda e vaga entre as carroças.
A angústia seus passos acossa,
Ao pisar o silêncio da areia.
A lua foge atrás da neblina,
As estrelas difusas mal brilham,

Mal se enxerga no orvalho a trilha
No rumo das distantes colinas.
Ele persegue o rastro maldito,
Com o coração escuro e aflito.

À beira do caminho, à sua frente,
Ele avista a branca sepultura...
Para lá seus passos tropegamente
Rumam com premonição obscura.
Seus lábios tremem, tremem os joelhos.
De repente, quando chega perto...
Será um sonho, um jogo de espelhos?
Vê dois vultos e um sussurro incerto
Sopra do túmulo profanado.

PRIMEIRA VOZ
É hora...

SEGUNDA VOZ
Espere...

PRIMEIRA VOZ
Não, meu amado.

SEGUNDA VOZ
Não, não. Espere amanhecer.

PRIMEIRA VOZ
É tarde.

SEGUNDA VOZ
Seu amor não é forte.
Fique!

PRIMEIRA VOZ
Você trará minha morte.

SEGUNDA VOZ
Fique!

PRIMEIRA VOZ
E se o marido perceber
Que eu saí?…

ALEKO
Pois eu já percebi.
Não fujam! Este é um bom lugar.
O túmulo vem bem a calhar.

ZEMFIRA
Meu amigo, fuja daqui, corra…

ALEKO
Aonde vai, meu belo jovem? Morra!

*Crava uma faca no rapaz.*

ZEMFIRA
Aleko!

CIGANO
Estou morrendo…

ZEMFIRA
Você o matou!
E sua roupa está ensanguentada!
Ah, o que você fez?

ALEKO
Não é nada.
Do amor dele, prove o que restou.

ZEMFIRA
A sua ameaça não me assusta!

Só sinto desprezo e nenhum pavor
Da sua mão assassina e injusta!

ALEKO
Pois morra, também!

*Esfaqueia Zemfira.*

ZEMFIRA
Morro com amor...

*

A aurora no oriente se ilumina.
Na beira do túmulo sentado,
Aleko, atrás de uma colina,
Segura o punhal ensanguentado.
Dois cadáveres à sua frente;
O rosto assassino é apavorante.
Ciganos, silenciosamente,
Formam uma roda inquietante.
Cavaram duas covas lado a lado.
Vêm mulheres numa fila triste
Beijar os olhos mortos fechados.
O velho pai sozinho insiste
E, em mudo e impotente sofrimento,
Contempla a filha inerte e ao relento.
Levantam os dois corpos no colo,
E o jovem par, a passo lento,
Entregam ao úmido e frio solo.
Tudo Aleko, ao longe, observa atento...
Quando o último punhado de terra
Recobre a cova e tudo encerra,
Mudo, Aleko tomba devagar
E cai junto à laje tumular.

O velho chega e diz, sem demora:
"Pegue seu orgulho e vá embora!
Não temos leis, nós somos selvagens.
Tortura e morte aqui não vigoram:
Para nós, punir não prova coragem.
Mas viver com uma alma assassina
É uma ofensa à nossa dignidade.
Você não serve à selvagem sina,
Quer só para si toda a liberdade.
Será um horror só ouvir sua voz.
Vivemos em paz e humildade,
Gente cruel não serve para nós.
Vá embora, volte à sua cidade".

Em alvoroço, o bando errante
Levanta seu triste acampamento,
Abandona o vale e, num momento,
Tudo some na estepe distante.
Só resta um carroção e, ao vento,
Balança o tapete roto e pobre
Que, nesse campo ermo, o recobre.
É assim que às vezes, antes do inverno,
Levanta voo um bando fraterno
De cegonhas na tênue neblina
Da manhã que o sol mal ilumina,
E parte para o sul com um grito,
Deixando para trás uma cegonha
Com a asa pendente e tristonha,
Ferida por um chumbo maldito.
Vem a noite e, na carroça escura,
Sem fogo, em silêncio e abandono,
Ninguém, sob a frágil cobertura,
Alcança o consolo do sono.

# Epílogo

O efeito mágico das canções
Na minha memória enevoada
Dá forma e dá vida a visões
Ora alegres, ora desoladas.

Na terra onde o clamor da luta
Vibrou por anos, de norte a sul,
Onde as fronteiras em disputa
O russo riscou para Istambul,[5]
Onde a águia do nosso estandarte[6]
Ainda revoa em glórias passadas,
Eu vi, junto a velhos baluartes,
Ciganos em carroças pesadas,
Bandos em paz, ócio e humildade,
Filhos errantes da liberdade.
Com eles vaguei, vivi sua vida,
Cruzando ao acaso a estepe inteira.
Dormi à luz de suas fogueiras,

5. Por muitos anos a Bessarábia foi palco das guerras russo-turcas. Só em 1812 se definiram ali as fronteiras entre o Império Russo e o Império Turco, cuja capital era Istambul.
6. A águia de duas cabeças é o símbolo do Império Russo. A origem da imagem remonta ao Império Bizantino: uma cabeça olha para o leste e a outra, para o oeste.

Compartilhei a sua comida.
Nas marchas em que eles perambulam,
Me alegrei com suas melodias
E, com carinho e melancolia,
Repeti o nome de Mariula.

Mas tampouco há felicidade
Entre esses filhos da natureza!...
Sonhos de angústia e ansiedade
Dormem sob as tendas da pobreza.
Na estepe, seu frágil teto errante
Não pode salvá-los das desgraças.
Paixões fatais rondam a todo instante,
Força alguma o destino rechaça.

# O prisioneiro do Cáucaso

*Novela*

*A N.N. Raiévski*[1]

Aceita, meu amigo, com um sorriso
O dom da musa que me inspira;
A minha desterrada e livre lira
Dedico a ti e a teu juízo.
Quando eu, triste e inocente, sucumbia
Ao rumor de calúnias incessantes
E o punhal da traição fria
E o sonho do amor angustiante
Me feriam e me deixavam prostrado,
Em ti eu ainda achava descanso,
Porto seguro, suave balanço,
Pois sendo amigos, sempre lado a lado,
Para mim as tormentas eram mar manso.

No tempo em que me vi banido,
Meus versos buscavam sentido
Lembrando o Cáucaso distante,

1. Nikolai Nikoláievitch Raiévski (1771-1829). Alto oficial russo, herói da Guerra Patriótica de 1812 (contra a invasão de Napoleão), que se destacou em batalhas célebres, como as de Borodinó e Smolensk (1812), e na tomada de Paris. Amigo de Púchkin, era também muito ligado a alguns conspiradores da Revolta dos Decabristas (1825).

Onde o Bechtu,* eremita gigante,
Cinco altos cumes[2] num solo tão raso,
  Para mim era um novo Parnaso.
Como esquecer os penhascos agrestes
Onde o gênio da inspiração silvestre
Se oculta, esquivo, no ermo mais mudo?
  Vales desertos, frescas fontes,
Onde juntos sentíamos em tudo
  A alma doce — lá nos montes
Que aos bandoleiros servem de escudo.
  Meus versos talvez tragam à tona
  Lembranças de teus belos dias,
  Dilemas de quem se apaixona,
Reveladas dores e alegrias,
  Segredos que a alma aprisiona.

Ao contrário de mim, cresceste em paz.
Os campos de guerra, ainda rapaz,
Pisaste, seguindo o pai, passo a passo:
Contra o inimigo, um orgulho de aço.
A mãe pátria te amparou com ternura,
Como doce prenda e luz da esperança.
Já eu, acossado pela amargura,
Fui alvo de calúnia e vingança.
Mas meu coração, livre e paciente,
  Soube esperar melhores dias;
  Consolei-me nas alegrias
  Dos amigos, sempre presentes.

* Bechtu ou, mais corretamente, Bechtau. Montanha do Cáucaso situada a quarenta verstas de Gueorguiévsk. Famosa em nossa história. (N. A.)

2. Bechtu é formada por cinco altos picos.

## Primeira parte

Num aul,* os circassianos,[3]
Sentados à porta das casas,
Falam das injúrias e danos
Que aos filhos do Cáucaso arrasam;
Da beleza de seus cavalos,
Das volúpias do amor selvagem,
Dos tempos de lutas e abalos,
Ataques de cega coragem,
Da astúcia que lhes deu vantagem,**
Dos sabres*** em suas mãos certeiras,
Das balas de mira perfeita,
De aldeias em cinzas desfeitas,
Dos carinhos das prisioneiras.

Corre a conversa a intervalos,
Flutua a lua na neblina.
De repente, sobre um cavalo,
Um circassiano os anima:

* Assim se chamavam as aldeias do povo do Cáucaso. (N. A.)
3. Designação genérica dos povos do norte do Cáucaso, particularmente dos adíguis ou adigueus.
** *Uiezdien*, chefe ou príncipe. (N. A.) [A tradução literal do verso é: "As astúcias dos *uiezdni* espertos".]
*** *Chachka*, sabre circassiano. (N. A.)

Traz amarrado um prisioneiro.
"Um russo!", brada o predador.
Corre para ele o aul inteiro,
Num encarniçado clamor.
O seu cativo, frio e mudo,
Toda a cabeça ensanguentada,
Parece um cadáver, contudo:
Não ouve os gritos nem vê nada.
O sono da morte o embala;
Dele um cheiro mórbido exala.

Por muito tempo o cativo
Fica prostrado e a tudo alheio.
Ao meio-dia, o sol mais vivo
Na sua cabeça arde em cheio
E acende na alma os sentidos.
Na pele, o sol rompe um raio,
Vibra dos lábios um gemido,
Finda o profundo desmaio.
Lento se ergue e olha em volta,
Vê a montanha que o escolta,
Massa imensa de altura insana,
Ninho das tribos bandoleiras,
Fortaleza circassiana.
Lembra com angústia verdadeira,
Como um sonho, a terra natal.
Quer andar mas, aos tropeções,
Ouve a seus pés o som fatal
Das pernas presas a grilhões...
Cego de injúria e agravo,
Sabe que agora ele é escravo.
Deita-se ali, a céu aberto,
Junto a uma cerca de espinhos.
Ninguém vigia: está sozinho.
Tudo quieto no aul deserto.
À frente, planícies vazias,

Mantos verdes, e no horizonte
Os monótonos cumes dos montes
Desenham serras arredias.
Entre os picos, corre uma estrada
Que some ao longe, só e triste;
O prisioneiro não resiste:
Sua alma pesa, desolada.

Da estrada, a Rússia é o destino,
Lá onde o ardor da mocidade
E as alegrias de menino
Viveu ele, em liberdade,
E amou pela primeira vez,
Domou a ameaça da dor.
Mas a vida errada desfez
A esperança, a fé e o amor:
Toda bela recordação
Ele enterrou no coração.

Conheceu a sociedade,
Toda a traição dos amigos,
O prêmio da deslealdade,
O amor como ilusório abrigo.
Farto de ser a fácil vítima
De intrigas e vaidades,
De acusações ilegítimas,
Dos brindes da hipocrisia,
Renegado da sociedade,
Deixou a terra onde vivia,
Fugiu sem ver aonde ia,
Louco espectro da liberdade.

Liberdade! Só isso almeja
Ainda ele nesta vida.
Com as paixões, a razão fraqueja:
Surda aos sonhos, mas comovida,

Sua alma só ouve os cantos
Que a liberdade ainda anima.
Ele a adora como a um santo,
Com súplicas que a fé sublima.

Mas isso passou... E ele agora,
Neste mundo vão e deserto,
Qualquer esperança já ignora:
Ele é escravo, só isto é certo.
Numa pedra deita a cabeça,
E espera que a luz já escura
Do sol da vida desapareça,
Rumo à noite da sepultura.

Baixa o sol atrás das montanhas,
Um clamor ressoa de novo:
Do campo ao aul volta o povo,
Reluzem no ar as gadanhas.
Nas casas o fogo se acende,
Aos poucos tudo silencia.
A serenidade se estende
Na sombra que a noite anuncia.
Brilha ao longe uma nascente
Que escorre no despenhadeiro.
Os cumes, sonolentamente,
Se cobrem com o nevoeiro...
Mas quem, ao luar transparente,
No silêncio, rumo ao cativo,
Se aproxima em passo furtivo?
O russo acorda e à sua frente
Vê o mudo e gentil cumprimento
De uma jovem circassiana.
Ele olha para ela um momento:
Será um sonho que o engana,
Um ardil dos frouxos sentidos?
De joelhos, com um sorriso

De consolo compadecido,
Aos lábios dele, sem aviso,
Ergue a moça o forte *kumis*.*
Mas, ao remédio desatenta,
A alma dele sorve sedenta
Os olhares dela gentis
E os sons mágicos que ela diz
Numa língua para ele estranha.
Mas o jeito, o rosto e a voz
Dizem: Viva! E ele acompanha
O doce apelo e, logo após,
Reúne suas forças restantes,
Apoia-se no cotovelo,
Leva até o *kumis* refrescante
Sua boca e, só após bebê-lo,
Com sua ânsia saciada,
Reclina a cabeça pesada
De novo sobre a pedra dura.
Mas da jovem a estranha imagem
À sua frente ainda perdura.
Parece haver uma mensagem
De consolo e de piedade
Em seu silêncio pensativo.
Quase contra sua vontade,
Ela abre a boca para o cativo,
Sopra frases pela metade,
E desiste, para, suspira.
E, de choro, os olhos revira.

Como sombra passam os dias.
Traz sempre o cativo nas pernas
Os grilhões de sua agonia.

* *Kumis* é feito de leite de égua; bebida muita usada por povos das montanhas e por nômades da Ásia. Tem sabor muito agradável e é considerado extremamente saudável. (N. A.)

O frescor de uma caverna
O abriga do calor do estio,
Mas quando a lua cor de prata
Foge atrás do pico sombrio,
Sobe a moça na trilha ingrata
E traz ao prisioneiro escravo
*Kumis*, vinho e seu mel em favo
E mais painço cor de neve.
Os dois juntos jantam em segredo.
Pousa a moça seu olhar leve
No cativo e fala sem medo,
Por sinais e na língua estranha.
Entoa canções da montanha
E da Geórgia* em tom feliz.
Sofregamente ele acompanha
O que a língua estranha lhe diz.
Pela primeira vez na vida,
A moça conhecia o amor.
O russo, porém, já perdida
Da paixão a força e o frescor,
Não mais consegue responder
A um puro amor desprevenido,
Temendo, talvez, reviver
Um sonho de amor esquecido.

Aos poucos murcha a mocidade,
O entusiasmo em nós esfria.
Mas um dia nos dá vontade
De abraçar de novo a alegria.

* O clima benfazejo da Geórgia não recompensa esse belo país por todos os infortúnios que sempre sofreu. As canções georgianas são belas e, em geral, tristonhas. Louvam os êxitos momentâneos das armas caucasianas, a morte de nossos heróis Bakúnin e Tsitsiánov, traições, assassinatos, às vezes o amor e os prazeres. (N. A.) [Ivan Mikháilovitch Bakúnin (1766-96), tenente-coronel, morto no Cáucaso na campanha persa. Pável Dmítrievitch Tsitsiánov (1754-1806), general russo de origem georgiana, morto no Cáucaso.]

No entanto as vivas impressões
Do amor primeiro e distante,
Luz que queima o céu das paixões,
Não nos ofuscam como antes...

Parece o triste cativo
Habituado à amargura.
O fogo da revolta, aflitivo,
Ele abafa na alma escura.
Vagando entre escarpas e agruras,
Nas frescas horas matinais,
Ele lança o olhar atento
Às cordilheiras colossais
De um azul rosado e cinzento.
Mas que grandiosos cenários!
A neve nos cumes parece
A imagem de tronos lendários,
Que as nuvens em roda enaltecem.
No centro, Elbrus,[4] o colosso,
Com sua coroa de gelo
Em duas cabeças de osso;
Tão branco que alguém ao vê-lo
Contra o céu azul se deslumbra.*

4. A mais alta montanha da Rússia, com 5642 metros. No conjunto, destacam-se dois picos vizinhos.

* Dierjávin, em sua magnífica ode ao conde Zúbov, retratou pela primeira vez as paisagens selvagens do Cáucaso nas seguintes estrofes: "Ó, jovem líder, durante as marchas/ Com as tropas tu cruzaste o Cáucaso/ Rico de espantos, glórias da natureza;/ Rios que rugem ferozes nos abismos escuros/ Derramam-se do alto das assombrosas montanhas/ E com estrondo despencam da face dos rochedos/ Onde se encontram há séculos;/ Camurças de chifres abaixados/ Contemplam tranquilas na névoa, abaixo de si,/ A formação de trovões e relâmpagos;// Lá tu brilhas como às vezes,/ Entre o gelo, reluzem os raios do sol,/ E então se vê tua face majestosa/ Refletida nas águas;/ E lá a chuva fina arde em respingos/ Que se dispersam em muitas cores;/ E lá um bloco de rocha, entre

Quando se forma a tempestade
E o trovão se rompe e retumba,
Sobe o cativo à extremidade

---

o cinzento e o âmbar,/ Pendurado na encosta, nos contempla da mata escura;/ E a aurora cor de ouro e púrpura/ Diverte seu olhar através da floresta".

E Jukóvski, em seu louvor ao sr. Voiéikov, também dedica alguns versos magníficos à descrição do Cáucaso: "Tu és pleno de vida, como o rio Tiérek,/ Em rápida carreira, ruge entre os vinhedos,/ Onde muitas vezes, espreitando na margem,/ Está um tchetcheno ou um circassiano/ Sob sua capa, com seu arco mortífero;/ E ao longe, à tua frente,/ Vestidas de uma neblina azul,/ Montanhas se erguem em face umas das outras/ E, no meio delas, um gigante grisalho/ Como uma nuvem, o Elbrus de duas cabeças./ Lá, grandioso e tremendo,/ Tudo brilha de beleza./ Imensos penhascos musgosos,/ Cachoeiras que correm com um ronco/ Dos rochedos de granito para a sombra dos abismos;/ Florestas cujo sono de séculos/ Nem a batida dos machados/ Nem as vozes humanas alegres perturbaram,/ E em cujo seio sombrio/ A luz do dia ainda não penetrou,/ Lá onde às vezes cervos solitários,/ Após ouvir o grito terrível da águia,/ Se juntam num bando e fazem barulho ao fugir pela mata,/ E as cabras de pernas ligeiras/ Correm pela beira dos rochedos./ Lá, aos olhos, tudo exibe/ O prodígio da criação!/ Porém lá, no meio da solidão/ Dos vales, se escondem as montanhas/ Onde se aninha gente da Balcária,/ Abicássia, Cabardia,/ Tchetchênia, Circássia;/ Seus deuses e tesouros/ São o arcabuz, o escudo, o sabre, o arco/ E o cavalo, companheiro de pernas ligeiras; / Saltam pelas montanhas como camurças,/ Arriscam a vida por um penhasco;/ Ou pelas margens lamacentas,/ No capim alto ou na mata espessa,/ Espalhados, aguardam a presa;/ Seu abrigo são os rochedos da liberdade./ Mas os dias nas aldeias os arrastam/ Nas muletas da triste preguiça;/ Lá sua vida é um sono: se juntam em rodinhas/ E, com amigos e um pote de tabaco,/ Fumam seu cachimbo turco/ E, como sombras erguidas na fumaça,/ Falam de assassinatos/ Ou louvam certeiros arcabuzes,/ Com os quais seus avós atiravam,/ Ou amolam seus sabres,/ Preparando-se para mais um assassinato". (N. A.)

Da montanha e vê fumegantes,
A seus pés, as nuvens que passam;
Na estepe, a poeira esvoaça,
Enquanto os cervos, saltitantes,
Buscam abrigo entre os rochedos,
As águias se alçam aos penedos,
Disparam seus pios agudos
E o gado muge, indeciso.
De súbito, o céu fica mudo,
Se abre em chuva e granizo.
As nuvens despejam torrentes
No impulso de um último raio;
Pedras despencam nas vertentes,
Despertas de um longo desmaio.
O cativo, em pé, nas alturas,
Fora do alcance da tormenta,
Espera o sol, que já se apura
Na última nuvem cinzenta,
E aquilo quase o acalenta.

Porém o que atrai de fato
O europeu[5] são os montanheses:[6]
A volúpia do desacato,
Os costumes rudes que às vezes
Se abrandam com a simplicidade
De sua fé e educação;
A audácia e a agilidade
Das pernas e a força das mãos.
Horas a fio o prisioneiro
Observava um circassiano
Galopar num corcel ligeiro,
Na montanha ou no solo plano,
Com uma capa e um gorro peludo:

5. Refere-se ao russo.
6. Denominação genérica que os russos aplicavam aos povos da região.

Mão firme no arção da sela,
Pé no estribo e o corpo troncudo
Em sua roupa agressiva e bela.
Num eterno ensaio de guerra,
Que é seu orgulho e o consola,
Sempre às suas armas se aferra:
Na armadura em que ele se enrola,
Enquanto o cavalo conduz,
Traz laço, punhal, arcabuz,
Arco, aljava e o sabre, seu sócio
Fiel no trabalho e no ócio.
Não mostra espanto nem abalo,
Sempre o mesmo, nada perturba
Seu passo, a pé ou a cavalo:
Invencível, nada o derruba.
Seu tesouro e fiel amigo
É o cavalo, a flor das manadas;
Para o cossaco,[7] um grande perigo,
Quando a mente está descuidada.
O montanhês sagaz se oculta
Na mata espessa ou numa gruta;
Quando surge um viajante,
Cai sobre ele como flecha.
Dura a luta um breve instante,
Seu laço voa, abre e fecha,
E puxa com súbito tranco
O incauto ao fundo barranco.
Seu corcel galopa fogoso,
Qualquer chão para ele é estrada:
Cascalho ou solo pantanoso,
Floresta ou encosta escarpada;
Atrás, deixa um rastro sangrento,
Nos ermos, seu tropel ressoa,
No revolto rio cinzento,
Avança e parece que voa.

7. Os cossacos faziam parte das tropas russas.

Se o cavaleiro vai ao fundo,
Engole água, maldiz a sorte,
E exausto já pede a morte,
É o cavalo que num segundo
Vai resgatá-lo e, com coragem,
Levá-lo até a espuma da margem.
Às vezes, nas noites sem lua,
Quando a sombra mais se acentua,
Junto ao rio o circassiano
Escolhe um tronco que a enchente
Largou ali há muitos anos.
Nos galhos, furtivamente,
Sua armadura entrelaça
E a capa, o escudo, a couraça,
O arco e a aljava — tudo arrumado.
Depois lança ao rio esse tronco,
Mergulha e, atrás, sai a nado
Nas ondas que erguem um ronco.
Pela correnteza é arrastado
Entre as margens solitárias
Onde, em colinas milenárias,
De lança em punho, o cossaco,
Através do ar noturno e opaco,
Não enxerga as armas no rio,
Que passa veloz e sombrio...
No que o cossaco está pensando?
Lembra as preces que o regimento
Cantava, os pulmões estufando,
Na batalha e no acampamento?
Lembra a pátria?... Sonho enganoso!
Diga adeus à aldeia dos pais,
Adeus ao Don[8] silencioso,

8. Rio no sudoeste da Rússia. Percorre 1870 quilômetros, até desaguar no mar de Azov. Às suas margens se situa o território histórico dos cossacos.

À guerra e aos amores tribais!
O inimigo alcançou a margem,
Do arco tenso a flecha voa,
Assovia a mortal mensagem
E ao cossaco não perdoa.

Quando o circassiano, no entanto,
Se encontra em paz no seu lar,
Junto ao calor do fogo, enquanto
Venta e chove sem parar,
E lá fora se ouve um cavalo,
Depois entra um forasteiro
Que, humilde, após cumprimentá-lo
Senta-se ao fogo hospitaleiro,
O morador o cumprimenta,
Lhe oferece para compartir
Seu aromático *tchihir*,*
Vinho artesanal que o esquenta.
E na choupana fumacenta,
Mesmo sob a capa molhada,
O viajante logo adormece.
E, refeito, quando amanhece,
Deixa a hospitaleira pousada.**

No *Bairan*,*** toda a juventude
Se junta em muitas brincadeiras:

* Vinho tinto georgiano. (N. A.)

** Como todos os povos selvagens, os circassianos se distinguem de nós pela hospitalidade. Para eles, o hóspede é uma pessoa sagrada. Traí-lo ou não protegê-lo é considerado, entre eles, a maior das infâmias. O *kunak* (ou seja, o amigo, o conhecido) responde com a vida pela nossa segurança, e com ele podemos enveredar no âmago mais profundo das montanhas circassianas. (N. A.)

*** *Bairan* ou *Bairam* [Bairão, em português], festa que assinala o fim do jejum. Ramadã é o jejum muçulmano. (N. A.)

Apontam as flechas certeiras
Para insondáveis altitudes;
A corda dos arcos estala
E das nuvens tombam falcões;
Ou, entre outras diversões,
Ladeiras íngremes escalam
E, a um sinal, todos dão partida,
Os pés voam, como gazelas,
Do chão sobe a poeira amarela,
Fraterno é o tropel da corrida.

Mas tal paz, porém, não aturam
Os corações feitos para a luta.
Logo tais jogos se misturam
Com diversões cruéis e brutas.
Os sabres nefastos cintilam
Nos loucos festins desses bravos.
Rolam ao chão cabeças de escravos,
E, em festa, os jovens rejubilam.

Mas o russo, com indiferença,
Via tais diversões sangrentas.
No passado, ardera na crença
Das glórias em lutas cruentas.
Escravo da honra inclemente,
Em duelos, firme, glacial,
Atacava a morte de frente,
À espera do chumbo fatal.
Talvez, quando está pensativo,
Recorde seus tempos passados,
Loucuras de encontros festivos
Com amigos entusiasmados…
De ilusões teria saudades?
Das velhas traídas verdades?
Talvez nesse povo selvagem
E em sua diversão cruel

Ele veja a própria imagem
Refletida em espelho fiel.
Ele oculta em silêncio fundo
O que anda em seu coração;
Nada revela o rosto ao mundo,
Sempre a inalterável feição.
Toda a gente circassiana
Admira a audácia leviana
Do cativo e sua firmeza.
Por ser jovem, eles não o matam.
Sussurrando entre si constatam
Que se orgulham de sua presa.

## Segunda parte

Você, donzela das montanhas,
Descobriu o prazer da vida.
Do amor, o olhar não se acanha,
Ingênuo, de nada duvida.
Quando o amado um beijo mudo
À sombra da noite lhe oferece,
Com a volúpia você esquece
A montanha, a terra e tudo.
E diz: "Meu doce prisioneiro,
Largue esse ar triste e agoureiro.
Encoste ao meu peito a cabeça;
A liberdade e a pátria esqueça.
Com você viverei feliz,
Mesmo escondida no deserto.
Venha, me ame, eu sempre quis.
Ninguém ainda chegou perto
De beijar-me os olhos febris.
Nenhum circassiano furtivo
Busca o meu solitário leito.
Sabem que sou um bicho esquivo,
Feroz, e que a todos rejeito.
Pois eu sei qual é minha sina:
Decidiram, desde menina,
Vender-me a um estranho, sem amor,
Em troca de algum bem terreno.

Vou pedir ao pai, por favor!
Senão, é o punhal ou o veneno.
Fincou-se em meu peito um cravo
Que me prende a você no fundo.
Amo você, querido escravo,
E esta é a força maior do mundo...".

Ele, em silêncio compassivo,
Olha para a moça apaixonada.
Triste, amargo e reflexivo,
Da voz do amor não ouve nada.
Seu pensamento longe voa,
Se avolumam suas lembranças,
E tanto e a tal ponto o magoam
Que um dia chora como criança.
Como chumbo em seu coração
Pesa um amor sem esperança.
Por fim, aumenta a confiança,
E lhe faz uma confissão:

"Não valho o seu amor; me esqueça.
Não desperdice assim comigo
Seu afeto, busque outro amigo,
Que seus dias de ouro mereça.
Troque minha alma tristonha
Por outra que ainda tenha amor,
Seja fiel e dê valor
Ao seu olhar meigo que sonha,
À sua beleza, a seus beijos
E entusiasmos juvenis.
Eu morro, exausto e sem desejo:
Culpa de um amor infeliz.
O que você vê são só rastros,
Restos de um afeto nefasto.
Deixe-me; porém tenha pena
Da má sorte que me envenena!

Por que você não surgiu antes,
Quando a crença na esperança
E nos sonhos aliciantes
Me guiava com segurança?
É tarde: a paixão está morta.
Nem seu fantasma me assombra,
Volúpia alguma me conforta,
A ternura é menos que sombra…

Como é triste a seus vivos beijos
Responder com meus lábios mortos;
E olhos onde dançam desejos
Caírem em meus sorrisos tortos!
Como é triste para mim dormir
Nos braços da amiga amorosa
Pensando em outra e me exaurir
Em vãos ciúmes de alma invejosa!…

Quando você bebe meus beijos
Tão devagar e com carinho,
E as horas de amor, eu bem vejo,
Para você voam como vinho,
Eu, arrependido, à sua frente,
Roído por lágrimas mudas,
Vejo a imagem que eternamente
Evoco, por mais que eu me iluda.
É só a ela que eu almejo,
Rendo-me a você por cansaço.
Não falo, não ouço, não vejo:
Esse espectro é o que eu abraço.
Por ele eu choro sempre em vão,
Sempre comigo anda esse vulto,
Guia minha alma em tumulto
Rumo à dor e à desolação…

Deixe-me com os meus grilhões,
Meus solitários devaneios,
Amarguras, recordações;
Todos a você são alheios.
Está feita minha confissão:
Adeus... Dê-me a sua mão.
Logo a dor de uma mulher passa,
Quando a separação é fria.
Vai-se o amor, ela se enfastia,
E nova paixão ela abraça."

A moça, de lábios abertos,
Não chora, não muda a postura.
Mas tem os olhos encobertos
Por nuvem de muda censura.
Depois, pálida, ela estremece;
Nas mãos do amante ela esquece,
Inerte, a própria mão fria;
Por fim, ela fala e alivia
O peso amargo do amor:

"Ah, russo, russo, que má sorte
Apaixonar-me até a morte,
Sem conhecer meu sedutor!
Por pouco tempo no seu peito
Pousou a cabeça a menina;[9]
Pouca alegria é a sina
Triste a que ela tem direito!
Doces noites de alegria,
Morreram ou voltarão um dia?
Você podia, prisioneiro,
Enganar esta inocente,
Fingindo que é verdadeiro
O amor que você não sente,

9. Aqui, a jovem se refere a si mesma na terceira pessoa.

Nem que fosse por piedade.
Com minha atenção e ternura
Eu traria alguma doçura
À sua infelicidade.
Guardaria o sono e o repouso
Do meu melancólico amigo.
Você não quer... Mas eu lhe digo:
Você ama, russo orgulhoso?
E ela o ama, a bela adorada?
Eu entendo os seus sofrimentos...
Perdoe esta voz soluçada
E não ria dos meus lamentos."

A circassiana se cala,
Pesam em seu peito os gemidos.
Mal respira, da boca exala
Soluços e cai sem sentidos
Junto aos joelhos do cativo.
De leve, ele abraça a infeliz.
"Não chore", ele a acalma e diz:
"Deu-me a sorte também motivos
Para maldizer minha desgraça.
Amei só e sofri sozinho,
Morreu no ar o meu carinho,
Sem resposta, mera fumaça.
Neste deserto, em solidão,
Morrerei escravo esquecido,
A estepe será meu caixão.
Vai enferrujar cada grilhão
Preso a meus ossos perdidos...".

No céu as estrelas se apagam,
Montanhas imensas propagam
Sombras na noite transparente.
E os dois, silenciosamente,
Se afastam com a dor que os esmaga.

Desde então sozinho ele vaga
Pelos arredores da aldeia.
A aurora o horizonte incendeia,
Erguendo o sol dia após dia.
Toda noite ele se entedia,
Só tem sede de liberdade.
Corre a camurça[10] entre os arbustos
Some a saiga[11] na obscuridade:
Tilintam os grilhões com o susto.
Ele espera que um sorrateiro
Cossaco que ronda as aldeias,
Libertando os prisioneiros,
O resgate: é o que ele anseia.
Ele chama… Ninguém responde.
Só ruge no rio a corrente
E um bicho que fareja gente
Foge para não se sabe onde.

Um dia ele ouve nas serras
Irromper um clamor de guerra:
"Aos cavalos!", correm e gritam.
Arreios de cobre tilintam,
Cavalos selados espumam,
Capas e armaduras se aprumam:
Para o ataque a aldeia inteira
Se apronta entre gritos selvagens.
Descem a montanha, em cachoeira,
Galopando até as margens
Do Kuban[12] atrás de pilhagens.

10. Mamífero semelhante às cabras.
11. Também chamada de antílope-da-estepe.
12. Rio no norte do Cáucaso.

Baixa o silêncio na aldeia,
Nas *sáklias*,* dormem os cães de guarda.
Livres, nuas, de pele parda,
Crianças vigor alardeiam.
A fumaça azul serpenteia
Dos cachimbos dos anciãos
Que em silêncio escutam as meninas.
Seu refrão os velhos fascina,
Torna jovem o seu coração.

*

### A CANÇÃO CIRCASSIANA

I

Ronca o rio à beira da vila;
Nos montes o silêncio avança,
Cansado o cossaco cochila,
Encostado na sua lança.
Não dorme, cossaco, suspeita:
Um tchetcheno[13] anda à espreita.

2

Na canoa, no rio opaco,
O cossaco sua rede arrasta.
Tu vais afogar-te, cossaco,
Como criança que se afasta
Demais da margem e não suspeita:
Um tchetcheno anda à espreita.

* *Sáklia*, choupana. (N. A.)

13. Trata-se de outro povo do norte do Cáucaso, hoje concentrado na república da Tchetchênia (ou Tchétchnia), que integra a Federação Russa.

3

No rio, junto às margens mansas,
As ricas aldeias florescem,
Moças formam rodas e dançam.
Cantoras russas, se apressem,
Fujam pelas trilhas estreitas:
Um tchetcheno anda à espreita.

*

Quieto à margem, sem ouvir,
O russo sonha em fugir.
Mas pesado é o grilhão de escravo,
E o rio é profundo e é bravo...
Desce a noite na estepe nua,
Nas serras, a sombra passeia,
Brilha pálida a luz da lua
Nas brancas choupanas da aldeia.
Cervos dormem à beira-rio,
Águias vibram o último pio;
Longe, o patear das manadas
Ecoa em serras escarpadas.

De súbito, alguém se aproxima.
O véu da moça se ilumina,
Se ergue e, pálida e aflita,
No rosto, a boca se agita,
Busca palavras, num apelo
De angústia, que embora ela esconda,
Explode quando, como onda,
Sobre o peito escorre o cabelo.
Em suas mãos reluz uma serra
E um punhal de aço de Damasco;
Parece ela, nesse penhasco,
Disposta a travar uma guerra.

"Fuja", ordena a montanhesa,
Para ele olhando com firmeza.
"Depressa, a noite vai escondê-lo,
Apagará suas pegadas.
Leve o punhal, não tema nada;
No escuro ninguém vai vê-lo."

Com a serra na mão que treme,
Aos pés do russo ela se inclina.
Sob a serra, o ferro geme,
E uma lágrima se ilumina.
Chocalha e rompe-se a corrente:
"Está livre", ela diz de repente.
"Fuja!" Mas seu olhar reflete
Um louco ímpeto de amor.
Ela sofre. O vento arremete,
Ergue o véu com um leve rumor.
"Ah, minha amiga!", o russo pede:
"Sou seu agora, até a morte,
Nada há aqui que nos importe,
Fuja comigo...". E ela não cede:
"Não, russo. A doçura da vida,
Que dava alegria a meus passos,
Se extinguiu sem deixar traços.
Se há outra que é a sua querida,
Vá para ela, não desista.
É inútil que eu insista
Nessa angústia... Que a luz do amor
Sempre alegre o seu coração.
Adeus! Esqueça a minha dor.
Adeus! Mas peço, dê-me a mão.
É a última vez... por favor".

Sua mão ardente ele aperta;
No coração o amor desperta.
E o beijo que é a despedida
Une os dois por toda a vida.

Mãos dadas, cheios de tristeza,
Descem mudos até o rio.
Nada o russo na profundeza,
Resiste ao turbilhão bravio.
Galga, enfim, o rochedo em frente,
Agarrando-se às saliências…
Mas soa surdo, de repente,
Na água um soluço de urgência…
Ele desce de volta à margem,
Olha atento, na noite escura,
Na clara espuma ele procura
Algum lampejo, alguma imagem…
Mas a jovem circassiana
Desapareceu. Só o vento
Assovia leve e espana
Um círculo que se abre lento
Na água e some num momento.

Ele tudo logo adivinha.
Lança um olhar de despedida
À vila e à pastagem vizinha,
Às rochas e às duras subidas
Em que ele arrastou seus grilhões,
Ao riacho onde, ao meio-dia,
Repousava e de longe ouvia
De uma voz livre as canções
E as circassianas melodias.

As sombras no céu se esvanecem,
Raia a aurora no vale escuro;
Numa trilha, quando amanhece,
O prisioneiro, em passos duros,
Marcha e avista, em meio à neblina,
Brilharem russas baionetas,
E as sentinelas nas colinas
Tocam o alarme nas cornetas.

## Epílogo

A Musa, assim, do Sonho a amiga,
Aos confins do Cáucaso voa;
Com flores selvagens coroa
Sua testa, que o sol castiga.
Os trajes das tribos guerreiras
Deixaram a Musa encantada:
Muitas vezes a feiticeira
Surgiu-me assim enfeitada.
Sozinha a Musa andou nas serras
E ouviu, das aldeias vazias,
O canto órfão dessas terras
Que a voz das moças repetia.
Ela amou as rudes moradas
Dos cossacos, sua bravura,
Suas serenas sepulturas
E o relincho das manadas.
Deusa do conto e das canções,
Das memórias e tradições,
Talvez reconte a Musa as lendas
Do velho Cáucaso tremendas,
Histórias das tribos nativas,
De Mstíslav o fatal duelo,*

* Mstíslav, filho de Vladímir, o Grande, chamado de *O Bravo*, príncipe de Tmurtarakan (ilha de Taman), combateu os *kossógui*,

Dos russos o engodo e o flagelo
Pelas georgianas vingativas.[14]
Cantarei, para que não esqueçam,
Como, no Cáucaso indignado,
Nossa águia de duas cabeças
Alçou seu voo encarniçado.
No Tiérek[15] de água grisalha,
Rufaram os russos tambores,
Rompeu o trovão da batalha,
Tsitsiánov[16] ergueu seus clamores;
Oh, Kotliarévski,[17] vou cantar-te,
Herói do Cáucaso agreste;
Aonde ia o teu estandarte
Era temido como a peste.
Mas hoje baixaste o teu sabre,
Já farto das coisas mundanas,
De honras e guerras insanas:
Cobre as armas o azinhavre.
E tu saboreias a calma

---

muito provavelmente os atuais circassianos, e, num duelo individual, venceu Rededia, o príncipe deles. Ver *História do Estado russo*, v. II. (N. A.) [Púchkin se refere a Mstíslav Vladímirovitch, morto em 1036. A fonte bibliográfica que ele indica é de autoria de Nikolai Mikháilovitch Karamzin (1766-1826) e se baseia na Crônica do Patriarca Níkon (século XI).]

14. Após a morte do último rei georgiano em 1800, o tsar Alexandre I ordenou a transferência da família real para Moscou. A viúva, porém, não quis partir. Em 1803, um general, com uma pequena comitiva, foi buscá-la. A rainha o recebeu em seus aposentos e o apunhalou.

15. Rio do norte do Cáucaso.

16. Pável Dmítrievitch Tsitsiánov (1754-1806), general russo de origem georgiana. Serviu no Exército russo desde Catarina II até Alexandre I.

17. Piotr Stiepánovitch Kotliarévski (1782-1851), general de infantaria que se destacou na campanha do Cáucaso.

E o silêncio da tua terra...
Mas do leste um uivo de guerra
Ressoa e o Cáucaso empalma
Nova espada em montes nevados.
Cáucaso, baixe sua crista:
Lá vem o Ermólov —[18] desista!
Seu esforço é desesperado.

Emudece o grito guerreiro,
Já sujeito à russa espada.
Filhos do Cáucaso altaneiro
Travaram luta encarniçada,
Mas não lhes trouxe salvação
Banhar em nosso sangue as mãos
Nem armaduras encantadas
Nem cavalos nem camuflagem
Nem montanhas escarpadas
Nem o amor livre e selvagem!
Como a tribo de Bati[19] outrora,
O Cáucaso há de ver a hora
De baixar os arcos guerreiros,
Renegar os antepassados,
Esquecendo o furor dos brados.
Nesses fundos desfiladeiros
Onde vocês têm seu ninho,
O viajante abrirá caminho
Sem temer nenhum perigo.
E vão lembrar, nos cancioneiros,
Do Cáucaso o duro castigo.

18. Aleksei Petróvitch Ermólov (1777-1861). Militar, memorialista, diplomata. Conhecido como herói da Guerra do Cáucaso.
19. Ou Batu Khan. Comandante militar e governante mongol do século XIII, descendente de Gengis Khan e fundador da Horda de Ouro, que invadiu e ocupou parte da Rússia por séculos.

LEIA MAIS PENGUIN-COMPANHIA

CLÁSSICOS

Anton Tchékhov

# A estepe

*Tradução e introdução de*
RUBENS FIGUEIREDO

Com *A estepe,* pela primeira vez Anton Tchékhov, aos vinte e oito anos e já com vasta quilometragem como colaborador de jornais e revistas literárias, tentou produzir uma narrativa mais extensa. Tarefa desafiadora mas, como se lê hoje, bem-sucedida.

O subtítulo — *História de uma viagem* — parece sintetizar a situação central: a viagem de um menino que parte para estudar em outra cidade e, para isso, percorre alguns dias pela vasta estepe russa. Mas também apresenta o caráter múltiplo do texto: um relato da experiência, uma narrativa ficcional, um estudo de tipos humanos, a pintura da natureza, além de retratos das atividades econômicas, das relações sociais e das mudanças de comportamento em curso.

O russo Anton Tchékhov (1860-1904) escreveu contos, narrativas e algumas das mais sutis e penetrantes observações psicológicas do teatro ocidental em textos como *A gaivota*, *As três irmãs* e *O jardim das cerejeiras*.

LEIA MAIS PENGUIN-COMPANHIA

CLÁSSICOS

Fiódor Dostoiévski

## Noites brancas

*Tradução do russo, apresentação e notas de*
RUBENS FIGUEIREDO

São Petersburgo, século XIX. Um homem solitário vaga pela cidade noite adentro, deixando que o sentimento de cada rua, esquina ou calçada o penetre. Durante a caminhada, avista uma mulher aos prantos encostada no parapeito de um canal. Ao acudi-la, tem início um idílio fadado a se dissipar como a tênue claridade das noites de verão na Rússia.

Quanto mais o anônimo narrador se aproxima da jovem Nástienka, mais parece se distanciar de sua melancólica vida anterior. Em quatro encontros, no entanto, a crescente intimidade dos dois personagens chega a um inesperado desfecho, quando a última noite por fim termina.

A novela de 1848, tida como uma das obras-primas de Dostoiévski no gênero breve, é acompanhada neste volume pelo conto "Polzunkov", escrito no mesmo ano, que mostra uma faceta mais caricata de um dos maiores autores da literatura russa.

Fiódor Dostoiévski

## O jogador

*Tradução do russo, apresentação e notas de*
RUBENS FIGUEIREDO

Impressionante retrato psicológico do vício destrutivo do jogo, compulsão que o próprio Dostoiévski conhecia intimamente, *O jogador* retrata com perfeição a busca incessante por uma lógica que norteie o acaso e a necessidade de controle que acometem todo jogador inveterado.

Numa estação de águas na sugestiva cidade alemã de Roletemburgo, Aleksei Ivánovitch, jovem professor de origens humildes, vivencia a emoção do jogo e o infortúnio amoroso enquanto tenta entender as confabulações que definirão o seu destino e o de seus próximos.

Num ambiente em que fortunas se dilapidam e o futuro se decide ao sabor da sorte, a tentação do risco e a necessidade imperiosa de experimentar o abismo são o motor deste que continua sendo um dos romances mais perturbadores que o século XIX viu nascer.

LEIA MAIS PENGUIN-COMPANHIA

CLÁSSICOS

## Liev Tolstói

# Os últimos dias de Tolstói

*Tradução de*
ANASTASSIA BYTSENKO, BELKISS J. RABELLO,
DENISE REGINA DE SALLES,
NATALIA QUINTERO E GRAZIELA SCHNEIDER
*Coordenação editorial de*
ELENA VASSINA
*Introdução de*
JAY PARINI

Em sua juventude, Liev Tolstói (1828-1910) levava uma vida notavelmente desregrada, Dado a frequentar bordéis, fã do jogo e da bebida, o aristocrático herdeiro de vastas propriedades no Volga não chegou a concluir os cursos de direito e letras orientais da Universidade de Kazan. Autor de romances como *Anna Kariênina* (1878) e *Guerra e paz* (1869), Tolstói já era comparado a gigantes como Goethe e Shakespeare quando se inicia a crise espiritual que culminaria a publicação de *Uma confissão* (1882), livro-chave de sua conversão mística.

Escritos a partir dessa data decisiva, os textos reunidos em *Os de Tolstói* incluem cartas, contos, fábulas morais, trechos de diários e textos filosóficos, bem como ensaios críticos e políticos. Traduzidos pela primeira vez diretamente do russo para o português, e com prefácio de um dos maiores estudiosos da obra de Tolstói, essa coletânea de textos ilumina a fascinante personalidade criadora de um dos maiores gênios da literatura universal.

WWW.PENGUINCOMPANHIA.COM.BR

## Fiódor Dostoiévski

# O idiota

*Tradução, apresentação e notas de*
RUBENS FIGUEIREDO

Considerado um dos romances mais carregados de convicções pessoais de Dostoiévski, *O idiota* traz como protagonista o jovem epilético Míchkin. Dotado de uma pureza ímpar, expressando-se com sinceridade e desinteressado por dinheiro, este personagem se choca com uma sociedade desencantada, distante dos ideais cristãos de generosidade e movida por malícia e ganância.

Ao retornar a São Petersburgo após um tratamento médico, Míchkin se envolve em triângulos amorosos da alta sociedade. Apesar das boas intenções, sua presença acaba provocando uma série de conflitos que dinamitam aquele círculo social dependente de aparências.

Em parte romance de ideias e em parte romance de costumes, a prosa de Dostoiévski reluz ao contrapor o idealismo ao niilismo individualista. Assim, é possível contemplar a análise severa e complexa que o mestre russo faz de uma sociedade moderna que perdeu seu rumo, uma crítica que se mostra relevante até hoje.

Esta obra foi composta por Alexandre Pimenta em Sabon e impressa em ofsete pela Lis Gráfica sobre papel Pólen Natural da Suzano S.A. para a Editora Schwarcz em janeiro de 2025

FSC
www.fsc.org
MISTO
Papel | Apoiando o manejo florestal responsável
FSC® C112738

A marca FSC® é a garantia de que a madeira utilizada na fabricação do papel deste livro provém de florestas que foram gerenciadas de maneira ambientalmente correta, socialmente justa e economicamente viável, além de outras fontes de origem controlada.